작고 기특한 불행

작고 기특한

불행

○

카피라이터
오지윤
산문집

오지윤 지음

알에이치코리아

차 례

part

1

사랑이
떠나면서
고양이를
남겼다

너에게는 없는 복

몇 년 전 연인의 권유로 오복이(나와 함께 사는 고양이)를 입양했다. 그때까지 나는 고양이와 전혀 친하지 않은 인간이었다. 고양이 알레르기 점수는 10점 만점에 8점이며 천식까지 달고 살던 내가 '냥덕후'인 그의 영향으로 오복이를 키우게 됐다. 그런데 오복이를 입양하고 정확히 일주일 만에 그가 헤어지자는 말을 했다. 나이를 먹을 만큼 먹었는데도 그는 헤어지자는 말을 전화로 꺼냈다. 참 효율적이면서 무성의한 방법이었다. 고양이가 좋다더니. 그렇게 고양이가 좋다더니.

"오복아, 우린 버려졌어."

나는 그가 생각날 때마다 오복이를 껴안았다.

나보다 체온이 높은 오복이를 껴안고 있으면 이상한 우월감을 느꼈다. 나에게는 오복이가 있지만 그 사람에겐 아무도 없다. 다시 말해 '오복이도 없는 주제에' '오복이도 없으면서'로 시작하는 무수한 저주의 문장을 내뱉으며, 그 사람이 나보다 불행하다는 확신을 다졌다는 거다. 사람은 사람으로 잊으라는데 나는 오복이의 통통한 허벅지를 매만지며 사람을 잊어갔다.

회사 동료가 내 자존감에 빨대를 꽂고 제 배만 불리던 날에도 나는 집에 오자마자 오복이를 껴안았다. 오복이는 도망가지 않고 묵묵히 안겨 있었다. 나를 기다려 줄 줄 아는 고양이. 변기통에 앉아 골프 유튜브를 보고 있을 동료를 떠올리며 나는 또 우월감을 느꼈다. 내가 변기통에 앉아 고군분투하는 동안 오복이는 말없이 나를 바라봐 주고 있었으니까. 그에게는 오복이가 없지만 나에게는 오복이가 있다. 나에게는 너희에게 없는 오복이가 있다.

아이들은 엄마가 곁에 있을 때만 운다는 말을 들은 적이 있다. 혼자 있을 때는 넘어져도 울지 않다가, 엄마가 나타나면 뒤늦게라도 운다는 거다. 엄마는 많이 아프냐며 아이를 안아 준다. 하지만 오복이를 붙잡고 아무리 울어도 오복이는 평정심을 유지할 뿐이다. 오복이에게 오늘 있던 일을 줄줄이 쏟아내며 불쌍한 척을 해 봐도 오복이는 대답이 없다. 오복이라는 엄마는 무표정하고 매정한 엄마. 한결같이 무표정한 오복이 앞에서 나는 매번 머쓱해져 버린다. 반응이 없으니까 이것 참 울기도 뭐하다.

'어쩌라고' 하는 듯한 오복이의 눈빛에 정신이 번쩍 든 나는 결국 아무 일 없었다는 듯이 빨래를 개기 시작한다. '인간아, 그게 뭐 별일이니?' 오복이는 가르침을 하사한 스승처럼 창문 밖, 먼 곳을 바라본다. 오복이의 뒤태가 꽤 보람차 보인다.

오복이에게는 인간의 모든 일이 울 일도 웃을 일도 아니다. 부처님이 모두에게 미소를 짓고 예수님이 모두를 가엾게 바라보듯이 오복이는 모두에게 무덤덤한 표정을 짓는다. 따뜻한 엉덩이를 내어 줄 뿐 결코 흔들리지 않는 무덤덤함. 그것이 나를 기운 나게 한다.

밤늦게 집에 온 날이면 오복이는 말이 많아진다. "애오오- 애오오오오-" 운 좋은 날엔 오복이와 다섯 번 이상 말을 주고받기도 한다. 내 맘대로 '보고 싶었어' '왜 이제 왔어'로 해석하며 살고 있지만 사실 오복이가 십한 말을 하는 건지 좋은 말을 하는 건지 나는 알 수가 없다. 돈 내고 고양이 번역기 앱을 사용해 보기도 했다. 애정 표현일 거라 굳게 믿었던 말들이 알고 보니 "공격할 거예요!"거나 "사냥할 시간!"이기도 했다. 모르는 게 약이구나. 이러다가 의묘증에 걸릴지도 몰라 결국 앱을 지웠다. 나와 다른 언어를 쓰는 오복이의 마음을 그저 믿기로 했다.

교환학생 시절 매일 타고 다니던 지하철이 떠오른다. 나는 독일어를 모르니 시끄러운 지하철 칸에서도 참 자유로웠다. 누군가는 언어를 모르면 답답하고 외롭다고 하는데, 나는 그 무지함에서 오는 자유가 좋았다. 내가 모든 것을 이해했다면 참 피곤했을 텐데. 그들이 욕을 하든 사랑을 나누든 이방인인 나에게는 '어떤 풍경'일 뿐이다. 나는 독일어의 관능적인 억양을 감상하기만 하면 됐나.

오복이와 나는 서로 밥 먹고 똥 누고 잠자는 것을 지켜봐 주는 사이지만 언제까지나 다른 종족(이방인과 이방냥)이다. 다른 언어를 쓰는 우리가 서로를 온전히 이해하는 날은 절대 오지 않을 것이다. 서로 사랑하고 있다고 착각하기 때문에 싸울 일도 헤어질 일도 없다. 서로의 존재를 감상하며 살아간다. 그래서 적당히 자유롭고 더 애틋할 뿐.

오늘의 서식지

○

　이사한 지 얼마 안 된 나는 '오늘의집'이라는 앱에 자주 접속하게 됐다. 오늘의집 로고 옆에 '누구나 예쁘게 살 수 있어'라는 카피가 눈에 띈다. '예쁘게'는 꽤나 피곤한 단어다. 예능 프로그램에서 촬영 내내 분칠을 하던 김구라 씨가 떠오른다. '예쁘게'는 긴장을 늦추지 않고 능동적으로 '지켜 내야' 하는 상태. 나도 예쁜 집에 살고 싶지만 집에서만큼은 긴장을 내려놓고 싶다. 그래서 나의 집은 때로는 예쁘지만 대부분 예쁘지 않고 만다. 버섯 모양 조명을 샀음에도 불구하고.

　새로운 서식지 옆으로는 기찻길이 흐른다. 의외로 KTX보다 전철이 더 시끄럽다. 왜일까. 어쩌면 빠르게 달리는 것보다 느리게 달리는 게 더 힘든지도 모른다. 출발하자마자 멈출 것을 생각해야 하기 때문이다. 집들이를 왔다가 기찻길 소음을 들은 한 친구는 "브루클린에 사는 예술가 집 같아"라고 했다. 또 다른 친구는 "왠지 도쿄에 온 것 같다"라고도 했다. 엄마는 "시끄러워서 심심하진 않겠네"라고 했고 언니 부부는 "먼지가 심할 테니까 하루에 한 번은 청소해"라고 했다. 그런가 하면 한 남자 상사는 나의 이사 소식을 듣고서 "기찻길 옆에 살면 애를 많이 낳는다고 하잖아"라고 했다. 나는 사람 좋은 척 웃고 말았다.

이사할 집의 첫째 조건은 '아침이면 해가 뜨고 저녁이면 해가 지는' 집이었다. 내 서식지의 하루도 자연의 이치대로 흘러갔으면 했다. 그래서 남향집 전세가 나올 때까지 숨죽이고 기다렸다.

집을 보러 가서 "여기가 서향인가요?"라고 물어보면 중개사들은 큰 잘못이라도 저지른 것처럼 작은 목소리로 "북향이에요……"라고 속삭였다. 세상에는 북향집이 참 많았다. 그렇지. 동서남북만 따져도 25퍼센트니까. 다음 지구에는 북향집이 없었으면 좋겠다고 생각했다. 모두가 자연의 이치를 누릴 권리가 있다면 좋겠다.

이사 오기 전 집에는 해가 들지 않았다. 남향이었지만 바로 앞에 있는 초고층 오피스텔이 햇빛을 온몸으로 막아냈다. 블라인드로 가리지 않으면 맞은편 오피스텔 사람들과 창문으로 눈이 마주쳤다. 한번은 어디선가 시선이 느껴져 쳐다보니 맞은편 높은 층 아주머니가 날 쳐다보고 있었다. 그래서 처음엔 화장실에 들어가서 옷을 갈아입었다. 어쩌면 나의 서식지는 공중화장실 한 칸보다도 사적이지 못했다. 물론, 적응하고부터는 '볼 테면 봐라!'라는 마음이 됐지만.

어두운 집의 장점이 아예 없는 건 아니었다. 낮이나 밤이나 오복이(반려묘)의 동공은 늘 확장돼 있었다. 어두울 때 고양이 눈이 가장 귀여운 것을 아는지? 그런데 남향집으로 이사 오니, 오복이의 동공이 늘 파충류처럼 가늘어져 있었다. 집이 밝아졌으니까.

"이사 오는 길에, 너의 서클렌즈를 떨어뜨린 모양이구나?"

오복이에게 물었지만 답이 없었다. 나는 낯선 오복이에게 적응할 시간이 필요했다.

이사 온 서식지의 쓰레기장은 1층에 있다. 이전 서식지는 지하 2층 주차장에 쓰레기장이 있었다. 그때의 쓰레기장이 '오너 드라이버'를 위한 동선상에 있었다면 지금의 쓰레기장은 뚜벅이들의 동선에 맞다. 뚜벅이인 나는 왠지 존중받는 기분이 들었다. 나는 더 자주 쓰레기통을 비우게 됐고 나의 서식지는 조금 더 깨끗해졌다.

이사 오면서 조금 더 큰 설거지통도 갖게 됐는데, 나는 설거지를 좀 더 자주 하게 됐고 왠지 과일도 자주 먹게 됐다. 환경이 아주 조금 달라졌을 뿐인데 서식지의 생태계가 변했다.

'이번 집에서 나는 더 많은 햇빛을 쐬며 더 깨끗하게 살아갈 거야.' 내 몸이 더 내구성 있고 건강한 상태로 회복할 것이라는 야무진 꿈이 생겼다. 잠은 더 깊이 자고 염증과 멀어지는 꿈.

아파트에 사는 사람은 아파트 모양의 삶을 살고, 주택에 사는 사람은 주택 모양의 삶을 산다. 나는 기찻길 소음이 들리지만 햇살이 들어오는 오피스텔 모양의 삶을 산다. 내가 타고난 유전자가 내 삶의 많은 부분을 결정하는 것처럼 이번 서식지가 나의 앞으로를 결정할 것이다.

지난 서식지에서 집을 정리할 때 물감 한 세트를 버렸다. 대부분 굳어 버린 탓이다. 그중에서 아직 말랑말랑한 물감 서너 개를 겨우 구출해 냈다. 그 물감들을 남김없이 짜서 캔버스에 마구 칠했다. 엉망진창으로 칠한 그림이었지만 그럴싸한 '추상' 같기도 했다. 제목은 조금도 고민하지 않고 '생존'으로 정했다. 오직 살아남은 물감들로만 칠했으니까. 이곳에서 나와 오복이는 오래오래 말랑말랑하게 살아남을 것이다.

작고 기특한 불행

○

　'안전장치'라는 말을 들으면 롯데월드의 놀이 기구 자이로드롭이 떠오른다. 몇백 미터를 자유 낙하하다 덜컹하고 착지하는 거대한 고철 덩어리. 누군가 귀에 대고 "살려는 드릴게"라며 속삭이고 사라지는 것이 틀림없다.

　몇 년 전 나의 모든 안전장치(친구, 가족, 반려동물 등)의 약발이 떨어지는 기이한 현상을 겪었다. 나는 회사로 가는 택시에 실려 남산 1호 터널의 불빛을 쳐다보고 있었다. 그 불빛이 언젠가 이동 침대에 누워 수술실로 갈 때 바라봤던 병원 조명과 비슷하다는 생각이 들었다. 문득 "나는 존엄하지 않다"라는 명제가 정성 어린 궁서체로 머릿속에 입력됐는데 그것은 마치 계시 같았다. 두 달째 주말 출근을 하러 가는 택시 안이었다.

　그 순간부터 남산 1호 터널은 안전장치가 없는 자이로드롭으로 변해 버렸고 매일 아침 나는 회사에 덜컹하며 내리꽂혔다. 이 감정이 괜한 어리광일 거라 의심하며 몇 달을 보냈다. 그러던 어느 날, 결정적 단서를 찾았다. 당시 본가에서 함께 살던 반려견 샬로미가 귀찮게 느껴지기 시작한 것이다. 위험한 시그널이었다. 심리 상담을 공부하는 언니에게 샬로미에 대한 감정을 설명했더니 "그건 정말 위험한데"라는 답변이 돌아왔다.

그렇게 나는 3년이 넘는 상담의 여정을 시작했고 의사 선생님으로부터 무수히 많은 도움의 문장을 얻었다. 어느 때는 메모도 하고 녹음도 하며 그 문장들을 체득하려 애썼지만, 막상 필요할 때 떠오르는 것은 딱히 없었다. 단 하나만 빼고.

나를 못돼 처먹은 인간이라 비난할 수도 있겠지만 변명은 나중에 하겠다. 선생님이 전수해 준 문장 중 나의 안전장치로 자리매김한 단 하나의 문장은 "실은, 사람들도 모두 불행해요"였다. 이때부터 나는 이 문장을 하루에 한 번쯤은 되뇌게 됐는데 스스로가 남의 불행을 먹고 사는 전설적인 요괴 따위로 느껴질 때도 있었다.

'모든 국민은 행복을 추구할 권리를 가지며 국가가 이를 보장할 의무가 있다.' 헌법 제10조에는 행복을 추구하는 일이 얼마나 중요한지 명시돼 있다. 행복을 추구할 권리가 얼마나 취약한 것이기에 국가가 보장까지 해야 할까. 헌법 제10조 문장 바로 아래에는 누군가가 몰래 써 놓은 촛농 글씨가 있을지도 모른다. 레몬즙을 떨어뜨리면 볼 수 있는 비밀 글씨 말이다. '인생은 기본적으로 존x 고통스러움'이라고 쓰여 있을 게 분명하다. 소설《장미의 이름》에 나오는 수도승처럼 오래된 도서관에 몰래 들어가, 혼자 헌법 제10조 밑에 레몬즙을 뿌리는 나를 상상해 보려는데 손에 묻은 레몬즙을 바지에 쓱쓱 닦는 나의 뻘쭘한 표정부터 떠오른다.

며칠 전에도 나는 '억울이' 표정을 지으며 퇴근했다. 그날의 불행은 어떤 임원으로부터 비롯됐는데 나는 문득 친구 L에게 전화를 걸었다. 얼마 전 L은 내게 헤어지고 싶은 남친과 헤어지지 못하는 상황을 상담했다. 나는 전화를 받은 그녀의 불행을 다짜고짜 흔들어 깨웠다.

"잘 만나고 있냐?"

"아니, 헤어지고 싶어."

"회사는 어때?"

"이직하고 싶어서 면접 보고 다녀."

"뭐?"

여기서 나의 "뭐?"가 왠지 환호에 가까웠다는 점은 부정할 수가 없다. 하지만 죄책감이 들진 않았다. L에게도 솔직하게 고백했기 때문이다. "나는 너의 불행을 먹으러 왔다"고. L은 기쁜 마음으로 내 입에 불행을 물려 줬다.

"지윤아. 나도 거지 같아."

참 이상한 일이다. 서로 불행하다며 아웅다웅하는데 왜 우리는 웃음이 나는 걸까. 나만 힘든 게 아니고 그도 힘들다는 사실이 왜 우리를 웃게 만드는가. 부끄러운 일이다. 하지만 나도 내 불행을 L에게 한껏 떠먹여 줬으니 자책하진 않기로 했다. 우리는 서로의 불행을 나눠 먹으며 위로받고 서로를 더 껴안아 주게 되니 오히려 좋다.

이 천박한 안전장치는 의외로 나를 더 좋은 인간으로 만들어 준다. 인스타그램을 보다가 나 빼고 다 잘되고 나 빼고 다 행복한 것 같은 생각이 들 때, 나의 생각 회로는 자동으로 '아냐, 저들도 고통받고 있어'라는 안전장치를 꺼낸다. 이 안전장치를 꺼내는 순간 옷장에 가둬 뒀던 인류애가 문을 따고 기어 나온다. 나의 안전장치가 바로 인류애로 가는 가장 빠른 지름길인 셈이다. 나는 모든 부러움과 불안의 마음을 내려놓고, 모두를 연민하는 성인의 길로 발을 들여놓는 중인지도 모른다.

　그러고 보면 연대감이란 것도 불행을 나누는 데서 온다. 미국 드라마에 나오는 알코올 중독 치료 모임에서 동그랗게 모여 앉은 사람들은 저마다의 불행을 이야기하고 함께 울며 주말을 보낸다. 불행을 나누는 일이 곧 행복감을 준다는 모순을 눈치채기도 전에 우리는 회복되어 또 월요일을 맞는다. 같은 피해를 본 사람들이 연대하며 행진하거나, 같은 '빡침'을 공유하는 팀원끼리 모여서 팀장을 욕하는 것도 모두 마찬가지다. 연대감은 서로의 불행을 확인하는 데서 오고 그 불행 대잔치가 행복의 시작이다.

　이 글을 쓰고 나니 나는 고해성사라도 한 것처럼 후련한 기분이 든다. 게다가 좀 대단한 발견을 한 것 같은 기분까지 든다. 우리의 불행에 대한 글을 쓰며 자존감이 높아져 버렸다. 창피하지 않다.

아버지, 정답을 알려 줘

○

　여름이 간다. 양팔이 모기 물린 자국으로 가득하고 겨
드랑이가 땀으로 젖었는데도 나는 여름의 허리를 끌어안
고 가지 말라 운다. '호캉스도 못 했는데 어떻게 헤어져!
못 헤어져!' 울다 지쳐 무력하게 가을을 맞는다. 가을의
서늘한 기운이 시한부 선고처럼 급습하는 아침에야 정신
이 든다. 아, 시간은 가고 나는 죽는다.

　사실 '시간이 너무 빨라' 카테고리의 하소연을 사흘에
한 번꼴로 하는 편이다. 웬만한 동병상련형 위로는 동어
반복으로 느껴진다. 애초에 '위로' 같은 걸로 해결될 수 있
는 고민이 아니란 걸 알면서도 죽는 그날까지 정답을 찾
아 헤맬 것이다. 예상치 못한 진리를 깨우쳐 줄 누군가가
운명처럼 나타나기를 기다리면서 말이다.

　갑자기 송민호가 떠오른다. '쇼미더머니'에서 "아버지,
정답을 알려 줘!"라고 울부짖던 모습. 그러고 보니 나에
게도 아버지가 있었지. 나는 바로 가족 카톡방에 들어가
"아버지"라는 말주머니를 남긴다. 평소에 나는 '아빠'라
는 호칭조차 어색해서 잘 쓰지 않는다. 대체로 호칭을 생

략하고 바로 본론만 말하는 편이다. 그런 내가 무려 "아버지"라고 외쳤다. 딸이 갑자기 조언을 구하면 아빠도 좋아하겠지 생각하면서. 키보드 워리어에서 파생된 키보드 효녀다.

"시간이 너무 빨리 갑니다. 어떡하죠?"

나는 노골적으로 조언을 구했으나 카톡방은 조용했다. 잠시 후 아빠 대신 언니가 등장했다.

"나우 앤 히어. 오늘에 충실해야지."

요즘 명상 공부를 하는 언니는 나에게 요가 선생님 같은 말을 했다. 나도 그걸 몰라서 묻는 건 아닌데.

나는 아빠에게 조언을 구하는 딸이 아니다. 아빠는 불확실한 것을 싫어하고 안정적인 것을 좋아하는 사람이니까 답은 항상 정해져 있을 거였다. 그럼에도 딱 한 번 아빠에게 상담 신청을 한 적이 있다. 대학교 3학년 때 영화가 너무 하고 싶어졌을 때였다. '영상미학 이론'이라는 강의를 들을 때였는데, 그때 나는 마치 영화를 해야 한다는 부름을 받은 것처럼 방황하고 있었다. 그런 내게 아빠가 말했다.

"한예종이라도 알아봐라. 네가 하고 싶은 걸 했으면 좋겠다."

그때 아빠에 대한 나의 편견이 조금 수그러들었다. 무조건 안정적인 길만 권할 거라고 생각했는데 그렇지도 않았다. 어쩌면 나는 '나이 든 사람' '보수적인 기성세대'라는 편견으로 아빠를 보고 있진 않았는지. 아빠라는 개인을 제대로 관찰한 적도 없이 어떤 면에서 그를 과소평가하며 살았다.

그 후 아빠는 은퇴 후 생활에 적응하느라 힘겨워했다. 나와 닮아 예민한 아빠는 많은 밤을 우울해했고 해가 떠 있을 때는 불안해했다. 우리는 같은 약을 먹었고 같은 증상으로 응급실에 갔다. 우리가 참 닮은 부녀라는 걸 의외의 증상들을 통해 알게 됐다. 그리고 아빠가 늘 그랬던 것처럼 나도 아주 먼 발치에 서서 아빠를 응원했다.

"아빠는 네 카톡 안 읽을 거야."

언니가 말주머니 하나를 더 보냈다. 언니는 내가 실망할까 봐 기대를 꺾으려는 것 같았다. 그 예상대로 나는 민망해지기 직전이었다. 아버지는 이렇게 내 카톡을 씹을 것인가. 그렇게 어색해지려는 순간 아버지가 나타났다.

"시간이 너무 빨리 갑니다. 어떡하죠?"

"뭘 어떻게 해?"

아 맞다. 우리 아빠는 이런 사람이었다. '어떡하죠?'라는 물음표로는 공감대를 형성하기 힘든 사람. 물음표의 절박함보다 명령어의 명확함에 반응하는 사람. 아빠와 딸은 이렇게 다른 동물이다. 나는 아빠의 알고리즘에 적합한 입력어를 넣고 아빠의 반응을 기다렸다.

"조언을 해 주십시오."

"시간이 빨리 간다는 건 네가 잘 살고 있다는 거다. 그러니까 걱정할 것 없다."

신선한 답변이었다. 잠시 감동했지만 썩 납득이 되진 않았다. 어찌 보면 전형적인 꼰대의 대답 같기도 하고.

"걱정이 됩니다." → "아니, 그건 걱정이 아니다."

"나는 힘듭니다." → "아니, 너는 힘든 게 아니다."

"나는 아픕니다." → "아니, 너는 아픈 게 아니다."

아빠가 문득 말주머니 하나를 더 보냈다.

"시간이 너무 안 가서 힘든 사람도 있단다."

말주머니를 한참 쳐다보는데 글자 사이사이로 서서히 아빠의 모습이 그려졌다. 어두운 거실, 소파에 앉아 느릿느릿 카톡을 치는 아빠. 그 옆에는 강아지가 잠들어 있고 아빠는 트로트 프로그램을 켜 놓고 있다. 내가 독립을 하고 싶은 이유였을 만큼 커다란 TV 소리. 출근하지 않고 집에 있는 아침이 어색했던 날도, TV를 보고 또 봐도 해가 지지 않는 날도 있었겠지. 은퇴한 아빠의 하루는 그렇게 끝이 없을 것 같다가도 갑자기 저물어 버릴 것이다.

오늘 아침, 아빠도 느꼈을까. 시한부 선고 같은 가을바람. 가을바람이 불고, TV 속 채널의 개수는 유한하고, 아빠와 딸의 시간도 유한하다. 효녀 노릇을 하려던 나의 질문이 아빠를 울적하게 했을까 봐 겁이 나기 시작했다.

빠르게 증발해 버리는 나의 시간은 아빠의 과거이고 서서히 배수되는 아빠의 시간은 나의 미래임을 안다. 머뭇거리던 나의 엄지손가락은 결국 이상한 역꼰대 노릇으로 상황을 마무리하기로 했다.

"하루라도 더 젊으실 때, 매일을 소중히 살아요."

안녕, 파킨슨 씨

○

　내가 마지막으로 가족 여행을 간 건 열일곱 살 때였다. 그 후 부모님 없이 많은 나라를 여행했고 그때까지 못 했던 많은 것을 경험했다. 그로부터 16년이 지났다. 나이 앞자리가 두 번 바뀌고서야 그들과 다시 여행을 떠났다.

　가족 여행을 떠나기 이틀 전, 아빠는 파킨슨병 진단을 받았다. 왜 하필 여행 직전이었을까. 그 사실이 우리의 여행을 우울하게 만들지 더 아름답게 만들지 예상할 수 없었다. 3박 4일의 짧은 강원도 여행에서 아빠는 하루 평균 1만 2000보를 걸었는데 아무리 걸어도 아빠의 왼쪽 팔은 잘 움직이지 않았다. 걸을 때마다 앞뒤로 흔들리는 오른팔과 달리 왼쪽은 왠지 허리춤에 붙어 있었다. 파킨슨병이라는 무서운 이름은 이렇게 시답지 않은 증상으로 찾아왔다.

　아빠는 이 사실을 친척들에게 알리지 말라고 했다.

　"친척들이 이 상황을 알게 되면, 내가 걸을 때마다 팔이 움직이나 안 움직이나만 유심히 볼지도 몰라."

　그는 관찰당하고 싶지 않다고 했다. 그러니 이 글을 읽는 분들은 꼭 비밀을 지켜 주길 바란다.

16년 전 여행에서도 그는 지금처럼 말이 없었다. 말없이 걷다가 경치 좋은 곳에 서서 "야, 사진 좀 찍어 봐라"라고 입을 열었다. 여기서 '야'는 나 혹은 엄마였는데 우리에게 '야'라고 부르는 그가 썩 마음에 들지는 않았다. 그래도 나는 그 옆에 가만히 서서 손가락으로 브이를 만들었다. 엄마가 "둘이 더 붙어 봐"라고 말하면 오만상을 쓰면서 어깨를 오그라뜨렸다. 그렇게 둘이 불편하게 서서 웃고 있는 사진이 지금도 우리 집 냉장고에 붙어 있다.

16년이 지난 이번 여행에서도 그는 말수가 적었다. 이제는 사진 찍어 달라는 말도 하지 않았다. 내가 "저기 가서 서 봐"라고 말하면 못 이기는 척 서서히 걸음을 옮겼다. "웃어 봐"라고 말해도 그의 미간이 잘 펴지지 않을 때, 나는 느닷없이 개다리춤을 췄다. 30대 딸의 개다리춤에 그는 어처구니없다는 듯 실소를 터뜨렸다. 그 실소가 참 좋았다.

강원도의 어느 계곡에서 그는 떨리는 손을 찬 계곡물에 담갔다. 쪼그려 앉은 그의 뒷모습을 보고 우리는 일제히 카메라를 들었다. 귀여운 포즈를 짓다가도 카메라를 보면 도망가는 고양이처럼 그는 금방 일어나 버렸다. 다행히 내 핸드폰에는 그의 쪼그려 앉은 뒷모습이 담겼다.

나와 언니는 양말을 벗고 계곡물에 발을 담갔다. 엄마는 신나서 우리의 사진을 찍어 줬고 아버지는 멀리서 지켜봤다. 엄마의 카메라는 쉴 새 없이 셔터 소리를 냈다. 누군가 내게 '사랑받는다는 것이 어떤 기분'인지 물어본다면 '부모가 신나서 내 사진을 찍어 줄 때의 기분'이라고 이야기하겠다. 카메라 너머의 엄마는 초등학생처럼 깍깍거렸다. 행복이라는 단어 말고는 표현할 수 없는 얼굴. 나로 인해 행복해하는 얼굴. 나는 사랑받고 있었다. 우리 가족은 이번 여행에서 아빠 사진을 참 많이 찍었는데. 그도 사랑받고 있단 걸 눈치챘을까.

우리는 호숫가에서 한참을 머물렀다. 아빠는 벤치에 누워 눈을 감았고 바람이 적당히 불었다. 두 손에는 핸드폰을 고이 쥐고 있었는데 그 핸드폰에서 〈피가로의 결혼〉의 어느 아리아가 흘러 나왔다. 엄마, 언니, 형부와 나는 그 풍경을 오래도록 감상했다. 확인해 볼 수는 없지만 그 순간 우리 마음에는 비슷한 결의 사랑이 가득했다.

밤이 되면 맥주를 마시며 파킨슨 씨에 대해 이야기했다. 증상과 치료에 대한 구체적인 단어 대신 추상적인 의지들이 오고 갔다. '마음' '강하게' '아직' '공부' 같은. 우리는 파킨슨 씨를 겸허히 받아들이기로 했다. 파킨슨 씨에게 화를 내기보다는 편히 쉬었다 가라고 다과를 내어 주기로 했다.

기분이 좋아진 아빠는 새벽에 본 일출에 대해 이야기했다. 모두 잠든 사이, 그는 엄마와 단둘이 일출을 봤다고 했다. 술 때문인지 말이 많아진 그는 행복해 보였다. 우리가 잔소리를 할 때마다 "파킨슨 환자한테 잔소리하지 마"라며 낄낄거렸다. 소파에 벌러덩 누운 그는 아이 같은 웃음을 멈추지 못했다. 그 모습을 보는데 왠지 속으로 울음이 날 것 같았다.

여행을 다녀온 후 일주일 동안 그는 가족 채팅방에서 꽤 많은 말을 했다. 하지만 일주일이 지나자 다시 예전처럼 조용해졌다. 나는 내가 천하의 불효녀라는 걸 잘 알기에 우리의 다음 여행이 얼마 후일지 그려지지 않는다. 그의 낄낄거리는 웃음이 또 얼마 후일지 잘 그려지지 않는다.

무뚝뚝한 그를 닮아 무뚝뚝한 나는 효녀가 되겠다는 '다짐' 대신 '그리움'부터 키운다. 나는 그가 벌써 그립다. 그리워하는 것은 참 쉬운 일이다. 그에게 전화 한 통 하는 것은 부끄러워, 벌써부터 아무것도 안 하고 그리워하기만 한다.

　아빠의 '오늘'이 나의 작은 오피스텔 원룸에 와서 노크를 한다. 나는 문을 열어 그의 '오늘'을 무릎 위에 올리고는 다 괜찮아질 거라고 쓰다듬는다. 이제 나는 파킨슨 씨에게 전화를 걸 것이다. 그리고 파킨슨 씨에게 조금 천천히 와 달라고 말할 것이다.

바다 수영이 좋은 이유

○

   그 사람과 함께 갔던 세화 해변에 다시 갔다. 행복의 조건은 함께 있는 '사람'이라 줄곧 믿어 왔다. 어떤 곳에 있는지보다 어떤 사람과 있는지가 나를 결정한다고 믿었다. 그 믿음 때문에 무서울 만치 행복하다가 극악하게 외로웠다. 하지만 그 사람 덕에 아름다운 줄 알았던 바다는 여전히 맑았고 바다 수영은 경쾌했다. 대부분의 세상은 낡아가는데 어떤 것들은 변치 않고 우두커니 아름다웠다.

   나는 모래에 벌러덩 누워 이마와 어깨, 코끝과 광대까지 햇볕에 바짝 타도록 내버려 뒀다. 창백한 내 피부가 까맣게 변해가는 것이 달가웠다. 바다 수영을 좋아하는 나, 비키니를 좋아하는 나, 여름을 좋아하는 나. 내 곁에 누가 있든 아무도 없든 '나'는 우두커니 그대로여라.

   9월이니까 가을이 왔다고 생각했다. 가을 바다는 조금씩 더 파래지고 잔인해질 준비를 하기 마련인데 이상했다. 별로 차갑지 않다니. 가을 바다가 나를 반겨 주었던 날. 나는 소주를 못 마시지만 애주가들은 소주가 유난히 단 날이 있다고 한다. 바다도 유난히 따뜻한 날이 있고 산도 유난히 완만한 날이 있다. 따뜻한 가을 바다. 수영복을 챙긴 나 자신이 기특했다.

그날 해변에는 내 친구 정석이도 널브러져 있었는데 그의 팔에 새겨진 꼬부랑글씨가 문득 눈에 들어왔다. 'Der Reisende'. 얼마 전 베를린에서 일자리를 구한 정석이 타투의 의미를 설명해 줬다.

"데아 라이젠데라고 읽으면 돼. 독일어로 여행자라는 뜻이야."

나는 정석에게 스스로 정말 '여행자'라고 생각하는지 묻고 싶었다. 몇 번 두드리기만 해도 부서져 버릴 이미지인지, 뿌리 깊은 정체성인지 궁금했지만 굳이 질문하지 않았다. 괜한 부러움에 심술을 부리는 것 같으니까. 솔직히 나 자신에게 하고 싶은 질문이었으니까. 누구나 탐낼 만한 단어, 여행자. 사실 나도 그처럼 '여행자'로 살고 싶었다.

바다 수영이 좋은 이유는 간단하다. 수영장에서 하는 수영이 '운동'이라면 바다에서 하는 수영은 '이동'이다. 바다 수영은 체지방을 줄이기 위해 하는 유산소 운동이 아니다. 더 멀리 가 보고 싶어서 수영을 하고 다시 돌아오고 싶어서 수영을 한다. 귀가 살짝 아플 때까지 잠수해서 내려가 해초를 만지고 모래 한 줌을 집어 다시 올라온다. 나는 수영을 통해 움직이고 느낀다. 움직이고 느끼는 일. 바다 수영은 여행이다.

어느 날, 퇴근하고 지하철역으로 내려갔는데 그곳에 강물이 흐르면 어떨까. 그렇게 수영을 해서 집으로 돌아가면 어떨까. 하루하루가 여행이겠지. 멤버십을 보여 달라거나 수강증을 사라며 누군가 가로막지 않는 그런 강이 흐르면 좋겠다. 퇴근 후에 걸음걸음마다 윗도리 아랫도리 하나둘 벗어던지고 숨이 헐떡일 때까지 수영을 해서 집으로 가고 싶다.

"네 타투는 무슨 뜻이야?"

내 오른쪽 팔에 'Phulmaya'라고 새겨진 타투를 보고 정석이 물었다.

"내 네팔 이름이야. 한국어 가르치러 네팔에 갔을 때 아이들이 지어 줬어. 'Phul'은 꽃이라는 뜻이고 'maya'는 사랑이래."

나는 나의 네팔 이름이 좋았다. 네팔에서도 흔한 여자

아이들의 이름. 꽃도 흔하고 사랑도 흔하다. 하지만 아름다우면서 흔한 것이 얼마나 될까.

나는 왼쪽 팔 뒤에 있는 새로운 타투를 자랑하기 위해 돌아섰다.

"이건 새로 한 거야. 잘 됐지?"

왼쪽 팔꿈치 위는 타투를 하기에 좋은 위치다. 나는 쉽게 볼 수 없는 자리니까. 거울에 비춰서 돌아봐야만 확인할 수 있다. 그 자리에 쫙 펼친 두 손바닥과 그 위에서 빛나는 구슬을 새겨 넣었다.

어린 시절, 할아버지는 나의 가장 친한 친구였다. 그의 이름은 오득주였다. 얻을 '득'에 구슬 '주'. 구슬을 얻는다는 뜻의 이름이다. 말하기에도 듣기에도 썩 세련되지는 않지만 곧고 우아한 이름. 부모의 사랑과 바람과 소망으로 빼곡하게 메꿔진 단단한 이름. 왜 이름에 '짓다'라는 동사가 붙는지 알 것 같다. 수십 년 굳건히 버텨 줄 집을 짓는 마음의 터에 '득주'가 지어졌다.

득주는 어린 내 손을 구슬처럼 꼭 쥐고 다녔다. 학교에서 돌아오면 그는 내 옷을 차곡차곡 개면서 내 이야기를

들어 줬고 할머니에게 혼난 날이면 내 손을 잡고 슈퍼마
켓에 가서 과자를 사 줬다. 득주 앞에서 하루 종일 재잘재
잘하던 나는 그의 빛나는 구슬이었다. 그리고 빛나는 구
슬을 받치고 있는 두 손. 그의 우아한 이름을 내 몸에 새
겼다.

　제주도에 있는 동안 어떤 날은 흐리고 바람이 불었다.
바다에 발을 담그자마자 온몸이 서늘해지는 날도 있었다.
'오늘의 바다는 위험한 구석이 있어. 그래도 꼭 수영을 하
고 싶어.' 서핑 수트를 입은 사람들 옆에서 주섬주섬 옷을
벗었다. 차갑지만 보들보들한 가을바람. 바다에 들어가는
걸음은 아무리 노력해도 빨라지지 않는다. 마음이 놓인
다. 성급한 나를 느리게 만들어 주는 파도. 파도가 내 정강
이를 계속 밀어내고 온몸에 닭살이 돋는다. 얼음 같은 물
결은 몇 번이고 경고를 보낸다.
　"끔찍하게 추울지도 몰라. 정말 들어올 생각이야?"
　그럼에도 계속 걸어 들어오는 끈질긴 인간이라는 확신
이 생기면 바다는 느닷없이 친절해진다. 추위는 홀연히
사라지고, 파도가 건네는 부드러운 포옹.

나는 발이 닿지 않는 곳까지 들어가고 말았다. 아주 깊은 곳, 해변의 사람들이 새끼손가락보다 작게 보일 만큼 먼 곳에서 다섯 살쯤 된 남자아이가 튜브를 타고 있었다. 그리고 그 옆에는 아이의 할아버지가 있었다. 깊이 잠수했다가 불쑥 올라와서 아이를 놀라게 하는 할아버지. 아이는 할아버지가 물속으로 사라진 동안에도 안정적인 시선을 유지하다가 그가 나타나면 까르르 웃었다. 시선이 안정적인 아이와 짓궂은 할아버지 뒤로는 수평선만 보일 뿐 아무도 없었다. 아슬아슬해서 더 아름다운 풍경.

　나는 그들 옆에 꼭 붙어서 땅에 발이 닿지 않는 세계를 마음껏 누볐다. 팔꿈치 위에 새겨진 득주와 함께.

코
로
나
시
대
의
사
랑

코로나 시대란 집에 있는 시대다. 혼자 놀아야 하는 시대. 어느 날 상사가 물었다.

"밖에 나갈 일이 없으니 여자들은 쇼핑 덜하겠네?"

왜 여자를 들먹이냐는 반문을 누르고 곰곰이 내 생활을 돌아본다. 나의 소비는 줄었는가. 아니, 정반대다. 입지도 않을 옷과 신발을 왕창 사들이고 있었다. 집에만 갇혀 있으니 내가 살아 있는 건지도 모르겠어서. 살아 있다는 건 뭘까. 살아 있다는 건 움직임이고 움직임은 '변화'다. 사람들과 함께 지하철 계단을 뛰어오르는 것. 나의 좌표가 여기서 저기로 이동하는 것. 바람에 흩날린 머리카락이 내 시야를 가려서 거추장스러워지는 것. 하지만 집 안에는 바람이 불지 않고 나의 좌표에는 '변화'가 없었다.

그런 내 삶에 변화를 일으키는 가장 쉬운 방법은 쇼핑이었다. 물건이 새로 생긴다는 것은 시각적, 심리적으로 가장 자극적인 변화다. 변화는 살아 있다는 기분을 느끼게 해 준다. 그렇게 원목 장식장을 사 버렸다. 내 집은 10평짜리 원룸이었다. 집이 점점 좁아졌다. 나는 코로나 시대를 그렇게 맞이했다.

코로나19 전의 나는 자전거를 타고 출퇴근했다. 회사에서는 동료들과 적당한 농담을 주고받으며 풍요로운 근무 시간을 보냈다. 필라테스 스튜디오에서는 마스크 없이 복식 호흡을 했고 퇴근하면 집에 돌아와 고양이의 털을 빗겨 주고 넷플릭스를 보며 맥주를 마셨다. 나는 내가 꽤나 운기 있게 사는 줄 알았다. 그런데 공간의 이동이 없어지고 모든 걸 집에서 혼자 하게 되니, 거품이 빠지고 뼈대가 앙상히 드러났다. 나는 '일하고 밥 먹고 똥 싸고 넷플릭스를 보는' 인간이었다.

스스로를 독립적이고 성숙한 인간이라 믿었건만, 나는 외로운 승냥이. 사람이 그리웠다. 가르시아 마르케스는 소설 《콜레라 시대의 사랑》을 썼고 시인 최승자는 시집 《이 시대의 사랑》을 썼다. 그렇다면 나는 몸소 '코로나 시대의 사랑'을 경험하리라. 나는 엄숙하게 소개팅 앱을 깔았다. 분홍색 불이 활활 타오르는 아이콘으로 유명한 소개팅 앱 '틴더tinder'였다. 틴더의 뜻을 영어사전에서 찾아보니 불을 붙일 때 쓰는 부싯돌이라고 쓰여 있었다. 반려견 교배를 위한 매칭 앱으로 시작했다는 설명도 함께 있었다. 예문도 나왔다. "Tinder is McDonald's for date."

틴더에 입장하자 '코로나 때문에 답답해서 가입함'이라는 식의 자기소개가 자주 보였다. '나는 원래 이런 거 하는 사람이 아닌데 어쩔 수 없이 하는 것'이라고 체면을 지키고자 자기 최면을 거는 프로필이 줄줄이 등장했다. 나도 그중 하나였다. 모르는 이성들과의 대화는 대부분 다음과 같이 시작됐다.

> 남 : 어디세요?
> 나 : 저는 집이에요.
> 남 : 벌써 퇴근하셨나요?
> 나 : 코로나 때문에 재택근무라서 오늘 하루 종일 집에 있었어요.
> 남 : 오, 부러워요. ^^ 저도 코로나 때문에 사람을 못 만나서 가입해 봤어요.

재택근무라는 것은 《드래곤볼》에 나오는 '정신과 시간의 방'에 갇히는 것과 비슷했다. 회사에 출근할 때는 그렇게 집에 가고 싶었는데, 아무리 좋은 것도 비교군이 없으면 매력이 없다. 출근과 퇴근의 새로운 경계가 필요했다. 나는 1인용 소파에 처박혀서 틴더를 켜는 것을 나의 '퇴근 의식'으로 삼았다.

소개팅 앱에 먼저 진출한 친구가 조언을 해 왔다. 친구는 "사진 너머를 보라"는 명언을 남겼다. 2D로 된 얼굴을 상상력을 동원해 3D로 바꾸고 왼쪽 오른쪽으로 돌려 보라는 것이다. 고도의 상상력을 요하는 작업이었다. 자기소개를 진정성 있게 쓰라는 조언도 들었다. 자기소개만 봤을 때, 틴더의 세계에는 굉장한 사람들이 많아 보였다. 어떤 사람은 '33세, 강남 건물 임대업 중'이라고 적어 놓고 또 다른 사람은 '나랑 사귀면 올리브영 40퍼센트 세일'이라고 적어 놨다. 누군가는 자기에게 50억이 있으니 함께 불려 가자는 메시지를 보내왔다. 정말? (나중에 엄마에게 이 이야기를 하자, 한번 만나 보지 그랬냐고 등짝을 때렸다. 정말?) 나는 결국 자기소개에 아무 말도 적지 못했다.

다음은 사진이다. 실물을 봤을 때 너무 실망하지 않을 정도로 적당히 잘 나온 사진이 필요하다. 사람들은 스스로 생각하기에 매력적인 사진을 올린다. 그런 점에서 인상을 쓰고 있는 사람들은 이해가 되지 않았다. 화를 내는 얼굴이 매력적이라고 생각하는 걸까. 상반신을 노출한 사진도 많았다. 보통 거울에 비친 자기 모습을 찍은 사진이었다. 한번은 아는 얼굴이 나왔다. 나는 너무 놀라서 앱을 삭제해 버렸다. 물론 5분 뒤에 다시 깔았지만.

취업을 하듯이 자기소개를 쓰고, 면접을 보듯이 채팅을 하고, 최종 면접으로 '현피'를 뜨고 나면 언젠가 애인이 생기는 걸까. 틴더를 통해 애인을 만나거나 결혼을 했다는 친구들의 간증을 에너지로 삼아, 나는 최선을 다해 틴더를 했다. 어떤 사람과는 밥을 먹었고 어떤 사람과는 산책만 했다.

코로나 시대의 사랑은 두 눈에서부터 시작됐다. 마스크로 코와 입을 가리고 있으니 눈으로만 첫인상을 특정해야 하는 몹시 어려운 미션이 주어진다. 그리고 카페에 들어가서 마스크를 벗을 때는 마치 가면무도회의 뒤풀이에 온 것 같았다. 서로가 '마기꾼'인지 아닌지 바야흐로 증명해야 하는 순간. 마치 건강 검진을 앞둔 것처럼 긴장감이 감돈다. '마스크를 벗은 내 얼굴에 실망하지는 않을까?'라는 생각을 하면서도 나도 상대방의 얼굴을 유심히 관찰한다. 마스크를 벗는 몇 초 동안 걸리는 슬로 모션 효과.

가려졌던 나의 코와 입을 보고 너는 무슨 생각을 했어? 아직 아무도 애인이 되지는 않았다.

F
&
B와
F
W
B라는 발명품

○

 소개팅 앱에는 'FWB'라는 세 글자가 종종 보였다. 다들 유교 걸, 유교 보이인 줄 알았는데 말이다. Friends With Benefit, 쉽게 말하면 잠자리를 가지는 친구 사이다. 경선 언니는 FWB에 대해 '섹스 파트너를 구한다고 쓰면 될 것을 그럴듯한 용어로 욕망을 포장하는 행위'라고 한 줄 평을 남겼다.

 사람이 요리를 하게 된 이유가 '고기는 먹고 싶은데 피를 보기 싫어서'라는 글을 읽은 적이 있다. 인간은 동물의 형태가 그대로 드러난 핏덩어리를 먹으면 죄책감과 역겨움을 느끼도록 설계됐다는 거다. 동물의 귀여운 눈, 코, 입, 둥그런 발, 사람을 태울 수 있는 평평한 등. 그 모든 형태를 무너뜨리기 위해 칼로 썰고 불에 익힌다. 심지어 더 아름다워 보이게 장식도 한다. 이 과정 덕분에 우리 접시에 올려진 것은 더 이상 '동물'이 아니라 '요리'가 되며, 우리는 다른 동물을 잡아먹는 육식 동물이 아니라 품격 있는 인간으로 거듭난다. 이제 입으로 들어가는 고깃덩어리가 어떤 생명체인지 생각할 필요 없이 오직 맛에만 집중

할 수 있게 된 거다.

FWB도 요리와 같은 발명품일까. 생의 목표인 번식에 충실한 동물들은 사명감을 가지고 사랑을 나눈다. 마음은 그들과 같아도 인간은 동물과 달라 보이기 위해 굳이 'Friends'라는 관계를 붙인다. 욕망은 포장하지 않으면 비린내가 난다. 그리고 비린내가 나는 것들은 죄책감을 불러일으킨다.

나는 FWB를 추구, 지지하는 친구들에게 그게 왜 좋냐고 물었고 다음과 같은 대답을 들었다.

1. 괜찮은 상대를 찾아 연애하는 게 불가능해 보인다.
2. 연애하면 따라오는 부수적인 감정 소모에도 지칠 대로 지쳤다.
3. 하지만 잠자리는 갖고 싶다.
4. '친구'라는 정의가 상대와의 유대감을 어느 정도 채워 준다.
5. 서로 이런 합의만 이뤄지면 아무 문제가 없다.

그(그녀)는 대충 이런 식으로 말해 주고는 "연애며 결혼이며 복잡한데 섹스나 신나게 하는 거지"라는 말도 덧붙였다. 맙소사. 오랜만에 '신나게'라는 부사를 들었다. 친구는 정말로 신나 보였는데 그 목소리가 너무 해맑아서 당황스러웠다. 어린아이가 실로폰의 아무 음정이나 두드려 대는 것처럼 청량한 목소리.

나는 틴더를 열심히 한 끝에, 한 남자와 여덟 번째 데이트를 하게 됐다. 소개팅도 삼프터(세 번째 데이트)에 사귀는 게 '국룰'이라는데 그는 사귀자는 말을 하지 않았다. 나는 결국 "우리 무슨 사이야?"라는 금기의 질문을 하고 말았고 그는 곧 죄인의 얼굴이 돼서는 연애에 자신 없다고 했다. 혹시 말로만 듣던 FWB를 하려고 복선을 까는 것일까. 단도직입적으로 물어보려는데 말이 헛나와 버렸다.

"나랑 F&B가 하고 싶은 거야?"

카피라이터로 일하면서 나는 F&B 업계 클라이언트를 꽤 오래 맡았다. F&B는 음식food과 음료beverage라는 뜻으로, 식음료 업계를 통칭하는 말이다. 클라이언트 중에는 커피 회사도 있었고 홍삼도 있었으며 참치도 있었다. F&B라는 관계가 있다면 그것은 어떤 사이일까. 손도 안 잡고

뽀뽀도 안 하고 맨날 식음료만 함께 먹는 사이일까. 그래도 FWB보다는 서로 더 아껴 주는 사이일까. 비록 말실수였지만 내가 그런 '불편한' 질문을 하고부터 그는 연락이 끊겼다. 말실수를 하는 순간에도 '이거 글로 쓰면 재밌겠다'라고 생각한 걸 보면 나도 그렇게 마음에 두진 않았나 보다.

'이름'을 붙일 수 없는 관계는 우리를 불안하게 한다. 내가 그의 이름을 불러 주었을 때 그는 나에게로 다가와 꽃이 되고, 우리 관계도 이름을 붙여 주었을 때 꽃이든 똥이든 뭐라도 되는 것이다. 앞으로 얼마나 더 다양한 이름의 관계가 발명될까. 새로운 발명품들이 우리를 외롭게 할 거란 편견은 버릴 것. 어떤 클래식한 관계도 행복하기만 한 건 애초에 없었다.

반대편 우주

○

　우리는 밤 아홉 시쯤 부암동에서 만났다. 그는 무방비 상태로 나온 것 같았다. 눈이 사라지고 이가 보이는 미소. 카멜색 면바지에 민트색 셔츠를 넣어 입은 단정한 차림. 돌이켜 보면 그게 나름의 무장이었는지도 모른다. 평소에는 사이클링 쫄바지를 그대로 입고 데이트를 하기도 했으니까. 그가 미리 알아차렸든 아니든 간에, 그날 나는 총을 품고 있었다. 나는 작은 핸드백에 총을 꾸깃꾸깃 숨기고 그와 주꾸미삼겹살을 먹었다. 몇 점은 깻잎에 싸 먹었고 몇 점은 그냥 먹었으며 사이다로 입가심하는 것도 잊지 않았다. 나의 평온한 표정과 침묵이 그에게 무안을 준다는 걸 알고 있었지만 모른 척하기로 했다.

　배가 부른 우리는 산책을 시작했다. 윤동주 시인의 거리 밑으로 이어진 길이었다. 그날따라 미세 먼지가 없어서 저 멀리 남산타워는 쓸데없이 아름다웠다. 두 팔을 경쾌하게 흔드는 어르신들이 빠르게 오갔고 우리는 평소보다 더 느린 걸음으로 이야기를 나눴다. 아무렇지 않은 척 걷던 우리는 경복고등학교를 반환점 삼아 다시 언덕으로 올라왔다. 본인에게 어떤 미래가 올지 모르는 그는 지난 주에 있던 일을 조곤조곤 쏟아냈다.

그런 그를 잠시 세우고, 나는 조심스레 총을 꺼냈다.

"있잖아. 그런 생각을 해 봤어. 내가 오늘 만약 사고로 죽어. 그러면 장례식이 열리겠지. 너는 당연히 장례식에 올 거고, 우리 부모님께 인사를 드릴 거야. '제가 남자 친구였습니다'라고. 그렇게 내 인생의 마지막 사랑은 너로 남겠지. 물론 내가 대단한 사람은 아니니까 아무도 기록하지 않겠지만 적어도 이 우주는 그렇게 기억할 거야. 그런데 있잖아. 그렇게 되면 내가 떳떳하지 못할 것 같다는 생각이 들었어. 그 정도로 널 사랑하고 있지는 않은가 봐."

도무지 답이 안 나는 결정을 두고 나는 자꾸 죽음을 끌어온다. 내가 만약 이대로 죽는다면 우주가 나를 어떻게 기억해 주면 좋을까. 내가 사랑하는 사람과 멀리하는 사람에 대해. 내가 지지하는 신념과 내가 주 40시간 이상 할애하는 업에 대해. 이번 휴가를 부모님과 함께 보낼지 말지에 대해. 나는 매일 우주와 죽음과 함께 토론해야 하는 사람이다. 토론이 끝나면 우주와 죽음이 쏜 거대한 총알

이 제 발로 오답을 향해 날아가곤 했다. 그날 밤엔 하필 그 자리에 그 친구가 서 있었다.

지리한 사랑에 목숨을 건 어느 귀족도, 고문에도 입을 꾹 다문 독립운동가도, 가족을 뒤로하고 업무에 올인한 어느 CEO도. 잠이 오지 않는 밤에 죽음과 독대를 해 봤을 테다. 중대한 결정을 앞두고 죽음 앞에 알몸으로 서면 진실이 뿜어져 나온다. 그 후엔 그 진실만 믿고 걸어가면 된다.

하지만 나는 위인이 될 그릇이 아닌지라 진실을 보고도 외면하고 엉망으로 걷는다. 등에는 미련을 업고 품에는 불안을 끌어안고서 뒤뚱뒤뚱 걷는다. 헤어진 연인이 우연히 마주치고 마는 영화 〈라라랜드〉의 마지막 장면이 떠오른다. 그들은 '회상' 대신 '가정법'을 택했다. '만약 헤어지지 않았더라면'이라는 상상 속에서 그들은 헤어지지 않고 가정을 꾸리며 행복하게 살아갔다. '추억'만 곱씹는 것과 '만약'을 상상하는 것 중 어떤 게 더 찌질한 짓일까. 찌질한 나는 그 장면을 보며 참 많이 울었다. 놓아 버린 것과 놓쳐 버린 것들이 적절히 쌓인 나이가 됐기 때문일까. 어른이 된다는 건 후회하는 일을 후회한다고 솔직히 인정하는 건지도 모른다고, 그 장면을 보며 생각했다. 그러니 후회가 두려워 선택을 등지지는 말자고, 마음껏 변화하고 후회하자고 스스로를 타일렀다.

내가 제거한 오답들이 모여 사는 반대편 우주가 있다고 믿는다. 그곳에서 나는 헤어진 그와 계속 사랑을 하고 결혼을 하고 성실하게 일한다. 그곳의 나는 글을 쓰겠다고 새벽에 잠들지 않는다. 쓸데없는 고민을 물리치고 깨끗한 채소를 즐겨 먹으며 건강하게 살아간다. 뭐 하나 결정한다고 '우주'까지 논하는 나는 그곳에 살지 않는다. 서른셋의 나이에 '나는 누구인가'를 고민하느라 '죽음'까지 끌어들이는 나는 그곳에 살지 않는다.

어쩌면 '반대편 우주'에 진짜 내가 사는 것은 아닐까. 나의 총은 애꿎은 정답만 겨누고 나는 바보같이 오답의 우주만 가꾸는 것은 아닐까. 그렇다 해도 어쩔 수 없겠지만 오답을 택하며 사는 게 이쪽 우주의 역할이라면 나는 열심히 주어진 오답을 살아낼 테다. 반대편의 나도 잘 살아 주길.

칭찬에 춤춰도 괜찮아

○

칭찬을 들으면 "아니에요"라는 말이 앞서 나갔다. 그렇게 답하는 게 겸손하고 점잖은 사람이라고 학습된 탓도 있겠지만 솔직히 말해, 스스로를 대견하게 여길 줄 모르는 천성을 타고났다. 나를 칭찬하면 벌을 받을 것 같은 기분이 들 때도 있었다. 진짜 내 능력이 아니라 운이 좋았던 것뿐인데 그걸로 자위하는 건 아닌지 끊임없이 스스로 의심해야 성장할 수 있다고 믿었다. 상담 선생님이나 친구들, 심지어 부모가 해 주는 칭찬도 잘 믿지를 못했다. 칭찬은 때로 전략적인 위로로 쓰이기도 하니까. 상대방을 안심시키고 응원하기 위해 칭찬을 하기도 하니까. 나는 칭찬을 덫이라고 생각했던 건지도 모른다. 경계해야 했다. 안도하고 싶지 않았다.

대학 시절 알게 된 멕시코 친구의 이름은 코리나korina였다. 나는 그녀의 미모와 자신감 넘치는 태도에 대해 자주 칭찬했다. 건강하게 태닝한 얼굴에 파란색 옷이 어울린다는 걸 잘 아는 그녀는 푸른 원피스를 즐겨 입었고 짙은 핑크색 립스틱을 발랐다.

"코리나, 오늘도 아름답구나."

그녀는 내가 칭찬할 때마다 내 눈을 지그시 바라본 채, 왼쪽 손을 내밀었다. 그리고 "Oh my Jee, thanks"라고 아주 천천히 말했다. "나의 아름다움을 알아보다니, 아주 칭찬해"라는 듯한 그녀의 고고하고 관능적인 눈빛을 잊을 수 없다. 누구라도 그녀가 내민 손을 맞잡게 돼 있었다. 칭찬을 건네면 다시 칭찬을 받게 되는 미묘한 교류가 즐거워 나는 더 자주 그녀를 칭찬하게 됐다.

친구 미루는 누군가에게 칭찬받았을 때 쓰는 치트 키에 대해 배웠다고 했다. 칭찬에 으쓱하는 재수 없는 사람이 되지도 않고 칭찬을 못 받아들이는 답답한 사람이 되지도 않을 수 있는 한마디. 그것은 "역시, 안목이 높으시네요"라고 말하는 거다. 쑥스러워하지 않고 의심하지도 않고 그 사람에게 칭찬을 되돌려 주면 되는 것이다. 나의 좋은 점을 알아본 그 사람은 안목이 있는 사람인 거니까. 그때부터 '역시, 안목이 높으시네요'를 속으로 되뇌었다. 나도 언젠가 꼭 써먹어 봐야지. 내게 칭찬을 건네준 사람의 섬세한 관찰력과 반가운 취향을 다시 칭찬해 준다는 것. 확실히 멋진 일이다.

한번은 나를 칭찬해 준 어떤 선배에게 "아니에요"라고 완강히 대꾸한 탓에 혼이 나기도 했다. "내 의견을 말하는데 네가 왜 그걸 부정해?"라고 선배는 진지하게 말했다. 그 선배가 나를 얼마나 아끼는지 그때 느꼈다. 상대방이 나를 아껴 주는 상황을 의심하지 않고 온전히 흡수했다면. 스며 나오는 미소를 감추지 않고 칭찬에 마음껏 춤췄더라면. 나의 많은 날이 더 기뻤을 거다.

혼자 살다 보면 많은 걸 생략하게 된다. 부엌에 서서 식사를 하기도 하고 과일을 먹을 때 손으로 집어 먹기도 하고. 어릴 때 본 엄마의 모습도 그랬다. 가족들에게는 예쁜 포크에 과일을 꽂아 주고 왜 당신은 껍질을 깎던 과도로 과일을 찍어 먹는지 이해되지 않았다. 스스로를 위한 일은 그저 편하기만 하면 되니까. 스스로에게까지 격식을 차리는 게 도리어 일이 되기도 하니까. 혼자 살다 보니 그때의 엄마를 이해하게 됐다.

이제 사과 하나를 먹어도 예쁜 접시에 담아야겠다고 다짐한다. 내가 사랑하는 사람이 그러길 바라듯이. 내가 사랑하는 사람이 스스로를 사랑하길 바라듯이.

나를 의심할수록 성장한다고 믿는 날이 길었다. 그 의심 덕분에 잘 먹고 잘 살고 있으니, 미워하지는 않으련다. 다만 이제는 덜 성장해도 좋으니, 스스로 칭찬하고 스스로 대접하는 훈련을 늦게나마 시작해야지. 나이 들수록 누군가의 칭찬보다 내 스스로의 격려가 필요한 때가 많아지니까. 그리고 언젠가, 그 누군가마저 없어질 날도 올 테니까.

사과를 깎아 세라믹 접시 위에 올려 나에게 대접한다. 가을 햇살 덕분인지 접시 위에 놓인 사과 하나가 근사한 요리 같다.

N잡러의 역사

스물여섯 살에 카피라이터라는 직함을 처음 달았다. 하고 싶은 게 많았지만 하고 싶은 것마다 시험을 쳐야 하니 어쩔 수 없이 '되는 것'부터 내 커리어를 시작했다. '여러분에겐 무한한 가능성이 있습니다'라는 기성세대의 립 서비스를 곧잘 믿었던 나는 나의 무한한 가능성이 갑자기 한 가지 아이덴티티로 축약되는 것에 미묘한 공포감을 느꼈다.

다행히 나의 첫 직장은 이태원에 있었고 그곳은 점심시간마다 각양각색의 텍스트를 읽을 수 있는 동네였다. 좋아하는 카페 중에는 'Ways of Seeing'이 있었고 같은 이름의 방송을 진행했던 존 버거의 책들이 바로 옆 옆 건물의 'mmmg'라는 공간에서 팔리고 있었다. 나는 두 가게 모두 자주 들렀다. 존 버거의 비싼 책을 세 권 정도 구매했지만 안타깝게도 와닿는 문장을 많이 발견하지는 못했다. 정체 모를 그가 쓴 다양한 책들에서 내가 가장 좋아하는 부분은 아이러니하게도 저자 소개란이다.

'존 버거는 영국의 비평가이자, 소설가이자 화가이며

인권 운동가이자 정치인이다.'

당시 '카피라이터'라는 타이틀 하나를 가슴팍에 붙이고 있던 나는 존 버거의 소개를 보고 안도감이 들었다. '와, 이 사람 정말 제멋대로 살았나 보네'라는 생각이 첫째로 들었다. 그가 노련하게 커리어 패스를 따져 가며 살진 않았을 테고 그때그때 하고 싶은 것과 해야만 하는 것들을 선택한 결과 저런 이름들이 붙었을 테다.

둘째로 든 생각은 '제멋대로 살아도 존경받는 사람이 될 수 있구나'였다. 하고 싶은 것을 따라 새로운 기회를 만난다는 것은 그만큼 실패할 기회를 만날 확률도 높아지는 거다. 난 그의 줄줄이 인생이 마음에 들었고 나도 그처럼 살아야겠다고 결심했다. 그의 소개에 'OO언론사에서 비평가로 30년을 살았다'고 쓰여 있지 않은 게 오히려 내 입장에서는 희망이었다.

요즘 '다능인'이라거나 'N잡러'라는 말을 들을 때면 존 버거 아저씨를 떠올리게 된다. 사실, 프란츠 카프카도 노동보험공단에 다니며 글을 썼고 비비안 마이어는 가정부로 일하며 사진을 찍었다. N잡러는 저성장 시대에 나타난 신인류거나 새로운 트렌드가 아니다. 아주 옛날부터 '하고 싶은 게 많은 종족'들이 터득한 삶의 방식이다. 주섬주섬 마음에 담아 두고 이것저것 하려 들어서 스스로 ADHD인가 의심한다면, 당신에겐 근대 예술가들의 피가 흐를 뿐이라고 말해 주고 싶다.

시간이 흘러, 나는 옛 선배들이 그랬듯 나의 여러 가지 모습을 '주섬주섬' 주워 가고 있다. 어떤 사주 카페에서는 "하고 싶은 거 할 만큼 했으니 그만 놀고 결혼해"라는 말을 들었다. 가끔은 내가 천직을 찾지 못해서, 혹은 짝꿍을 찾지 못해서 이래저래 방황하는 걸까 싶어 잠이 안 올 때가 있다. 그럼에도 내가 지금 사는 방식은 하늘이 내 마음속에 심어 둔 것들을 하나하나 키워 내는 일이라 믿는다. 우리는 존 버거와 프란츠 카프카와 비비안 마이어의 후손이라 믿는다. 역사와 전통의 주섬주섬 종족.

몇 년 전 '주섬주섬'이라는 단어가 좋아 써 놨던 글을 덧붙인다.

'큰 줄기 없이 이것저것 주워 담고 있지만 그 속에 품고 있을 수줍은 지향성이 좋다. 아직 형태를 갖추지 못해 주변 모든 것에 호기심을 가지는 어린아이 같은 단어라 좋

다. 매일 주섬주섬 발품을 팔아 모은 땔감이 언젠간 좋은 불씨를 피워 내겠지. 너도나도 그랬으면.'

나는 중요한 사람이 아니다

○

  신입 사원 때는 선배가 하는 한마디를 백 번씩 곱씹었
다. 차장님이 "그래"라고 한마디 하면, 저것은 '좋다'라는
의미일까 '알았으니까 그만 좀 해라'라는 의미일까 굳이
생각했다. 내가 뿌듯해해도 되는지 아니면 반성해야 하는
지, 누군가의 명확한 한마디가 내 태도를 결정해 주기를
기다렸다. 지금 생각해 보면 뭐든 있는 그대로 넘기지 않
고 그 저의를 꿰뚫어 보려 했던 것 같다. 그게 소셜 스킬인
줄 알았다. 그래서 밤마다 편의점 앞에서 동기와 맥주를
마시며, 하루 동안 들은 말의 의미를 서로 해석해 주었다.
물론 좋은 방향으로.

  "야, 너 완전 사랑받는 막내인데?"

  "그런 거야?"

  우리 팀에는 나보다 6개월 빨리 들어온 선배가 있었다.
내 옆자리에 앉아 있던 그는 나와 달리 고민이라는 게 전
혀 없어 보였다. 늘 평온한 표정과 가벼운 말투. 그때는 그
게 자존감이라는 걸 몰랐다. 그냥 고민이 없는 특이한 사
람이라고 생각했다. 매일 고통받던 나는 그에게 상담을

요청했다. 아니, 상담이라기보다는 즉문즉답에 가까운 짧은 대화였다.

"아까 팀장님이 한 말이 자꾸 신경 쓰여요. 제가 크게 잘못한 걸까요? 이렇게 매일 스트레스받아서 미치겠어요. 프로 님은 이럴 때 어떻게 하세요?"

"그거 알아? 우리는 이 회사에서 그렇게 중요한 사람이 아니야."

벌써 8년 전 일인데 이 대화가 선명하다. 이거구나. 이게 이 사람의 비밀이구나. 훗날 나도 주변 사람들에게 같은 조언을 해 줬지만 나만큼 소스라치게 감명받는 반응은 본 적 없는 것을 보면 상담에도 케미스트리가 중요한가 보다. 나에겐 그의 답변이 진리처럼 느껴졌고 이 말을 내게 해 준 그는 지금 본인 스타일이 확고한 광고 감독이 됐다.

글을 쓰고자 하는 사람들과 동료들에게 자주 듣는 말이 있다.

"저는 제 글을 누구 보여 주는 게 부끄러워요."

거기다 대고 "너는 그렇게 중요한 사람이 아니야"라고

답할 수는 없었지만 결국 오해를 사지 않도록 돌리고 돌려 비슷한 말을 하게 된다. 사람들에게 나의 글이란, 그들이 접하는 수많은 텍스트 중 하나일 뿐이다. 물론 누군가의 시선은 내 문장에 더 오래 머물러 준다. 답장을 보내 주기도 한다. 그럼 그 사람 앞에서 나는 이미 부끄러워할 필요가 없는 사람이다. 그는 오히려 내게 글을 계속 써도 된다는 용기를 주는 사람이다.

생각보다 많은 사람은 그저 지나쳐 간다. 일을 하면서 내 주장을 펼칠 때도, 더 과감한 창작물을 시도할 때도 '나는 중요한 사람이 아니다'라는 말을 늘 되새긴다. 그러면 더 용기가 난다.

"내가 중요하지 않다는 건 내 가치를 깎아내리는 거잖아요"라고 후배가 물은 적이 있다. 그래서 생각해 봤더니 이 문장에는 한 가지 생략된 게 있었다.

(타인에게) 나는 그렇게 중요한 사람이 아니다.

팀장에게 나는 그렇게 중요한 사람이 아니고, 독자에게 나는 그렇게 중요한 사람이 아니며, 이 세상 누구에게도 나는 그렇게 중요한 사람이 아니다. 나는 '나'에게만 가장 중요한 사람이다. 이건 모두에게 똑같이 적용된다. 그러니 모두 더 용기 내도 된다. 내가 어떤 행동을 했을 때 팀장이 "저 새끼 뭐지?"라고 잠깐 생각할 수는 있겠지만 그생각은 절대 오래가지 않을 거다. 팀장은 곧 자기 자신을 생각하느라 바쁠 테니까.

그래서 나는 내 생각에 머물러 줄 누군가를 찾기 위해 용기를 내서 또 글을 쓴다. 서로를 중요하게 여겨 줄 단 몇 명을 찾기 위해 우리는 평생 용기를 내야 한다.

일요일 밤이다. 나는 늦은 밤까지 내가 쓰고 싶은 글을 쓰고 있다. 나는 늦게 잠들 것이고 월요일 아침에 지각을 할 것이다. 하지만 당당하게 걸어 들어갈 것이다. 나는 회사에서 크게 중요한 사람이 아니니 가끔 지각 좀 해도 된다.

선비로 살면 망할까

아빠는 어릴 때 할아버지로부터 '나대지 말라'는 말을 자주 들었다고 한다. 할아버지는 전쟁에 세 번 나갔다. 한 번은 일본군으로, 한 번은 인민군으로, 한 번은 한국군으로. 정체성이 끊임없이 바뀌는 혼란의 시대란 함부로 나대다가는 목이 날아가는 시대다. 일본군 사이에서 나댔다간 조선인이냐고, 인민군 사이에서 나댔다간 한국군이냐고, 한국군 사이에서 나댔다간 빨갱이냐고 총을 맞는다.

"의견 함부로 내지 마라. 함부로 나대다가 진짜 죽는 거다."

이런 할아버지의 말을 듣고 자란 아빠는 늘 조용하고 무던하게 적 없이 살아왔다.

"새해에는 더 나대도록 해."

친구가 내게 새해 덕담을 해 줬다. "네가 쓴 글과 네가 찍은 사진보다 네가 어떤 사람인지를 보여 줘야 하는 시대야. 셀카도 올리고 유튜브도 하고 그래." 친구의 애정에 힘입어 나는 바로 브이로그라는 것을 만들어서 유튜브에 올렸지만 다음날 보니 영 못 봐 주겠어서 삭제하고 말았다. 영상보다는 내가 어떤 사람인지 사진에 담고 글에 담는 쪽이 마음 편하다.

패션 회사를 운영하는 친구 J는 "유튜브 해야 하는데"라는 말을 1년째 되새기더니 마침내 유튜브를 시작했고 영상을 세 개까지 올리는 데 성공했다. 가장 힘든 게 뭐냐고 물었더니, 카메라를 켜 놓고 계속 혼잣말을 하는 거란다. "근데 진짜 선비들은 망하는 시대인 것 같아. 조용히 묵묵히 선비처럼 살면 안 돼. 기회를 원한다면 나대야 해." 체념한 듯 친구가 말했다.

유유상종이라고, 내 주위에는 자기 검열이 습관인 사람들이 모여 있다. 계속해서 '내게 능력이 있을까?' '내게 자격이 있을까?'라고 물으며 성찰에 중독된 사람들. 그래서 우리가 존경하는 사람들은 대개 자기 능력을 의심하지 않고 자기 믿음이 강한 사람들이다. 소셜 미디어를 보고 있으면 내 취향은 아닌데 팬이 많은 셀럽을 볼 때가 있다. '저 사람은 스스로 정말 능력 있다고 믿는 걸까'라고 꼬아 보려는 스스로를 말리며 '스스로를 믿는 게 가장 큰 능력이다'라고 결론지었다.

한 전시회에서 1930년대 모던 보이 소설가들이 함께 찍은 사진을 봤다. 트렌디한 양복과 동그란 안경. 서로의 지성미를 칭송하는 듯한 유대감. 국문학도였던 내게 그들의 모습이 문득 달리 보였다. '이 선생님들, 힙스터셨네.'

"이분들도 엄청 나대셨겠지."

"그러니까 유명해지셨겠지."

역사에 이름이 남는 예술가들의 첫 번째 조건은 세상에 스스로를 내보이는데 거리낌이 없어야 한다는 거다. '나대지 않는 자'가 이름을 남길 수는 없다. 만약 그게 가능하다면 그건 불공평하다. 앤디 워홀은 뉴욕에서 가장 화려한 파티를 열고 셀럽과 부자들을 초대해 그림을 보여줬다. 마찬가지다. 언젠가 임금님이 방문하실 그날만 기다리며 단칸방에서 글솜씨를 갈고닦는 선비에게 기회가 올 리 없다. 선비가 어디서 뭘 하는지 어찌 알고 임금이 찾아가서 기회를 준단 말인가. 셀카를 찍어서 '@KING 당신을 생각하며 글을 씁니다. #Iamwritingforyou'라고 소셜미디어에 올려야 마땅하다.

물론 비비안 마이어나 사울 레이터 같은 재야의 능력자들은 사람들이 가만두지 않았다. 꾸준히 묵묵히 해내는 선비에게도 기회는 온다는 증거다. 친구에게 보여 주고 친구의 친구에게 보여 줄 수 있는 자신감만 있다면 선비에게도 기회가 온다. 조금씩 꾸준히 영역을 넓혀 가다 보면 누구에게나 '임금님' 같은 기회가 찾아오겠지.

날이 좋다. 성급한 생각 말고 앞마당부터 나가, 지나다니는 이들에게 수줍게 인사를 건네 볼까 한다.

나는 다른 민족이고 싶다

○

　애플이 만든 건 뭐든지 구매하고 마는 '앱등이' 종족이
생긴 이래, 모든 브랜드의 목표는 팬을 만드는 일이 됐다.
그리고 팬덤 마케팅이라는 말이 유행하기 시작할 때 마침
굿즈의 세계가 열렸다. '사랑'이라는 추상적인 감정이란
우리를 어찌나 안달 나게 하는지. 보이고 만져지는 사랑
을 위해 시밀러 룩을 입고 커플 링을 맞추듯, 우리는 사랑
하는 브랜드를 위해 굿즈를 구매하고 로고 스티커를 노트
북에 덕지덕지 붙이는 일도 마다하지 않는다. 배달의 민
족처럼 '무형'의 서비스를 제공하는 브랜드들도, 심지어
'영상'이라는 상품을 만드는 유튜버들도 굿즈를 만든다.
팬들은 쓸모없지만 예쁘고 귀여운 물성物性을 구매함으로
써 자신의 사랑을 완성해 나간다.

　광고 회사에 다니던 나는 '팬이 생기게 해 주세요'라는
클라이언트의 요청을 자주 받았다. 내가 보기에는 이미
팬덤이 있는 브랜드도 있었는데, 그 사랑이 사랑인 줄 못
알아보는 경우도 있었다. 겉으로 드러내고 인스타그램에

사랑을 인증하는 힙한 존재만이 팬덤이라는 믿음 때문인지 프로젝트들은 줄곧 팬덤을 흉내만 내다 끝이 나기도 했다.

나는 특정 브랜드에 '팬심'이라는 마음을 가져 본 적이 거의 없다. 좋은 점을 발견하고 포장하는 게 광고의 본질인지라, 카피를 쓸 때는 스스로 최면을 걸어 브랜드와 사랑에 빠지려고 노력한다. 그래야 일하기가 편하다. 하지만 실제 생활에서 브랜드를 소비하는 일은 광고처럼 아름답지만은 않으니까.

앞서 말한 배달의 민족도 그렇다. 재택근무 중인 나는 점심, 저녁으로 짧은 외출을 나간다. 현관문을 최소한으로 열고 팔을 뻗은 후, 손가락 끝에 닿은 비닐봉지를 빠르게 집 안으로 들이는 5초 말이다. 오른쪽 손끝부터 팔꿈치까지 현관문 밖으로 내미는 게 외출의 전부인 날도 있다. 음식을 배달해 주는 서비스가 내 삶의 질을 높였냐고 물으면 대답하기 꽤 곤란하다. 요리가 서툰 내가 손가락 안 빨고 맛있는 음식을 먹게 된 건 엄청난 혁신이지만 그런 나의 모습이 내가 꿈꾸던 나는 아니니까.

브랜드는 '나를 사랑해 줘요'라고 말할 게 아니라, '스스로를 더 사랑하세요'라고 말해야 한다는 진리를 '배달 푸어'가 되고서야 절실히 깨달았다. 매달 월급의 반을 식비와 배달비에 쓰는 나는 이런 나의 모습을 사랑하지 않는다. 배달의민족 VIP인 내가 배달의민족을 사랑하지 않는다는 것은 나만의 모순이기도 하지만 이 시대의 많은 브랜드가 풀어 가야 할 모순이기도 하다.

BTS의 RM이 했던 스피치가 생각난다. 콘서트장에서 그가 했던 말은 BTS라는 브랜드가 얼마나 대단한지 여과 없이 보여 줬다.

"팬 분들 덕분에 스스로를 더 사랑하게 됐어요. 그러니까, 여러분도 저희를 이용하세요. 저희를 이용해서 스스로를 더 사랑하세요."

RM은 영어로 말했지만 대충 이런 말이었다.

서로를 더 적극적으로 이용해서 스스로를 사랑하자니, 이보다 솔직하고 본질적인 관계 선언이 어디 있을까. '서로 더 사랑해 주자'가 아니라, '스스로를 더 사랑하자'라는 결론은 얼마나 성숙한지. 정말 오래가는 역사적인 브랜드를 만들고 싶은 이는 RM의 말부터 벽에 붙여 놓고 시작했으면 한다. 생각해 보라. '앱둥이'는 궁극적으로 '카페에서 맥북을 이용하고 있는 스스로'를 사랑하는 걸 테니까.

굳이 내가 '사랑'할 만한 브랜드를 꼽자면, 당근마켓이다. 집에 있는 물건을 계속 정리하고 필요 없는 물건은 예쁘게 사진 찍어서 누군가에게 나누는 일. 그냥 나누는 것도 아니고 소액의 돈을 버는 일. 내가 입던 스웨터를 구매한 아주머니가 한라봉 두 개를 내 손에 쥐여 주는 일. 이 서비스를 사용하는 나의 모습은 꽤나 사랑스럽다. 내가 당근마켓을 사랑하는 이유는 결국 나 스스로를 사랑하게 만드는 브랜드이기 때문이다.

인생은 결국, 죽을 때까지 스스로를 사랑하는 방법을 탐구하는 여정이라고 이 사람 저 사람 말하지 않던가. 브랜드는 고객에게 '사랑받을 궁리'를 할 게 아니라, 사람들이 '스스로 더 사랑할 수 있도록' 도와 주면 된다. 그게 브랜드가 오래 살아남는 방법이다.

우리네 삶에는 우리의 자존감을 겨냥한 스나이퍼들이 곳곳에 숨어 있다. 그들을 피해 무균실에서 살아갈 수는 없으니, 우리는 빵꾸 난 자아에 새살이 돋게 해 줄 브랜드에 가끔씩 돈을 쓰며 살아간다. 그 이유는 '내가 더 세련되어 보여서'일 수도 있고 '좀 더 좋은 사람이 되는 것 같아서'일 수도 있다. 연초에 품질력이 많이 떨어지는 비비안 웨스트우드의 제품을 구매한 것도 결국 나를 더 사랑하기 위해서였다. 늙어서도 멋을 잃지 않는 '비비안 웨스트우드 할머니'의 스피릿을 나도 장착한 것 같은 기분이 들었으니까.

사랑은 결국 내 자존감이 차오르는 느낌에서 시작된다. 나의 이번 달 목표는 배달 음식을 정말 정말, 정말 끊는 것이다.

어느 투머치토커의 슬픔

○

　쓸데없는 말을 많이 해 버린 날이 있다. 상대방에게 맞장구를 쳐야 한다는 책임감 때문에 괜히 내 치부를 드러낸 날도 있고 웃기지도 않은 드립을 치느라 누군가를 불편하게 한 날도 있다. 오늘은 나를 보호하기 위해 말을 많이 한 날이다. 이런 날에는 공허함에 부르튼 마음을 피가 날 때까지 벅벅 긁으며 집으로 돌아온다. 하루 종일 뱉은 말주머니들이 썩지도 타지도 않는 쓰레기가 돼 지구에 영원히 남을 것 같은 날. 나는 무색무취의 매립지 위에 서서 한숨만 쉰다.

　땅바닥에 앉아 내 기분을 어떻게 달랠까 궁리했다. 친구들에게 전화를 걸 수는 없지. 말을 많이 해서 우울해진 마음을 또 말로 풀 수는 없다. 엄마, 아빠가 보고 싶다. 하지만 이대로 그들에게 전화를 하면 눈물이 날 수도 있으니 좋은 방법이 아니다. 슬픔 지뢰에서 발을 떼는 순간 다 함께 슬퍼지는 거다. 이 지뢰는 내가 밟고 서서 견뎌야 할 지뢰다.

　그러다 눈을 감고 두 명의 나를 그려 본다. 오지윤이 오지윤을 꽉 안아 주러 걸어오고 있다. 하나는 주저앉아 있고 다른 하나는 저기 멀리서 다가와 함께 무릎 꿇어 준다. '우리는 서로에게 더 익숙해져야 해'라고 오지윤이 오지윤에게 말했다.

서로를 껴안아 주는 둘을 보고 있노라니 마음이 좀 나아진다. 둘을 방해하지 않기 위해 나는 까치발 종종걸음으로 조용히 뒷걸음질 친다. 오늘은 이렇게 활자 하나라도 음절 하나라도 더 줄이기로 한다.

암은 사람을 더 아름답게 만들까

엄마가 전화기에 대고 울부짖었다. 여유롭게 출근 준비를 하던 나는 그 소리를 듣고 굳어 버렸다.

"네 언니 갑상선암이래."

엄마가 말했다.

"고칠 수 있는 병이야. 너무 걱정하지 마."

일단 출근을 해야 했으므로 나는 사이코패스처럼 말하고 집을 나왔다. 현관문을 닫자마자 눈물이 났다.

집안 어른들이 싸울 때면 늘 언니 방으로 대피했다. 주로 할머니와 엄마의 싸움이었다. 고등학생 언니는 인상을 팍 쓰고 무신경하게 공부를 하고 있었고 나는 그 앞에서 대차게 울었다.

"어른들이 싸우는 이유는 하나야. 다 돈 때문이야. 어른들을 믿으면 안 돼. 우리는 다 제로 베이스에서 시작하는 거야."

언니는 울고 있는 내게 그렇게 말했다. 그녀는 특별한 사람이었다.

언니는 늘 1등이었다. 고등학교에 입학하자, 선생님들

은 내게 큰 기대를 걸었다. 1등 동생이라는 이유였다. 그 관심은 좋으면서도 끔찍했다. 나는 내 이름보다 '지혜 동생'이라고 불리는 일이 많았다. 내 이름을 바르게 불러 주는 선생님은 더 따르게 됐다. 언니와 다른 학교를 갔다면 좋았을 거라고 생각한 때도 많았다. 언니는 사랑스러운 학생이었다. 나한테는 그렇게 독하게 말하면서 밖에서는 상냥한 모범생인 그녀가 가증스럽다고 생각했다. 언니를 동경하는 만큼 미워하기도 했다. 열등감이었다.

언니는 모두가 예상한 대로 멋진 대학생이 됐다. 한번은 물고기 비늘이 반짝거리는 민소매 티셔츠에 화려한 귀걸이를 하고 내 친구들에게 떡볶이를 사 줬다. 그녀가 자랑스러웠다. 언니는 연애에 열정적인 대학생은 아니었다. 나는 공부하기 싫은 밤마다 언니 방에 가서 대학 생활 이야기를 들었는데 그녀의 러브 스토리는 늘 같은 결론으로 끝났다. 결혼할 사람이 아니면 연애는 시간 낭비야. 스무살 대학생이 노트북에 시선을 고정하고 불퉁스럽게 말했다. 그녀는 분명 특별한 사람이었다.

경영학도였던 언니의 인생은 가장 효율적인 공정으로 운영되고 있었다. 언니는 4학년 2학기부터 취업을 하는 것도 모자라, 한 번의 휴학도 없이 칼 졸업을 했다. 그러더니 서른이 되는 1월에는 결혼을 했다. 그녀는 인생의 모든 통과 의례를 한 치의 오차도 없이 정시에 치렀다. 그리고 그해 여름, 언니는 갑상선암 진단을 받았다.

그녀의 모범적인 질주가 멈췄다. 정말 멈췄다. 그녀는 마음을 강하게 먹었지만 가끔은 어쩔 수 없이 무서워했다. 너무 고요한 집, 쉬고 있는 자신, 느리게 가는 시간, 죽음에 대한 생각, 암 환자 카페에 도는 이야기. 무서움은 꼭 인기척도 없이 얼핏얼핏 나타났다고 한다. 주변 사람들은 갑상선암은 암도 아니라고 위로를 했다.

"갑상선암은 감기 같은 거잖아. 슬퍼할 일도 아니야."

언니의 어떤 동료는 본인도 갑상선암에 걸리고 싶다며 부러워했다고 한다. 우리 가족의 공포와 슬픔이 더 심각한 질병을 가진 환자와 그 가족들에게 실례가 되는 걸까 생각도 했지만 그렇다고 슬픔이 멈추지도 않았다. 언니는 아프고 가족은 아무것도 대신해 줄 수 없다는 것은 질병의 경중을 떠나 명백한 사실이었다.

수술을 앞둔 언니가 휠체어에 앉아 창백한 표정으로 나

를 바라봤다. 태어나 처음 보는 언니의 약한 모습이 어색했다. 나는 어릴 때부터 여기저기가 아팠던 터라, 전신 마취 수술도 여러 번 받았다. 늘 나보다 앞서 경험하고 내게 조언을 물려주던 언니에게 처음으로 내가 조언을 줄 수 있던 순간.

"의사가 '산소입니다'라고 거짓말하면서 호흡기를 씌워 줄 거야. 의사 말을 믿고 크게 숨을 들이쉬어. 그게 사실 마취하는 거거든. 그럼 푹 자고 일어나면 돼."

갑상선을 떼어 낸 언니는 목에 난 흉터를 가리느라 예쁜 스카프를 매고 다녔다. 스카프를 맨 언니는 결국 회사를 그만두었다. 언니의 체력과 체중은 쉽게 돌아오지 않았다. 모처럼 백수가 된 언니와 단둘이 일본 여행을 갔다. 서울만큼이나 복잡한 도쿄의 지하철역에서 언니는 아주 아주 천천히 걸었다.

"언니, 왜 그렇게 느리게 걸어?"

"빨리 걸을 필요가 하나도 없으니까. 여행하는 동안은 천천히 걷자."

모두가 뛰어가는 환승역에서 나는 언니와 느릿느릿 걸

었다. 그 순간 우리는 참 특별했다.

"나는 다시는 회사로 돌아가지 않을 거야." 언니는 틈날 때마다 이 말을 했다. 갑상선암이 언니를 멈추지 않았다면 언니는 언젠가 더 끔찍한 병에 걸렸을지도 모른다고, 우리는 생각했다. 언니는 인생을 더 가치 있는 데 쓰고 싶다고 했다. 계절이 몇 번 바뀌고 언니는 상담 대학원에 입학했다.

암에 대해 검색하다가 '암은 사람을 더 아름답게 한다'라는 문장을 봤다. 치료를 받으며 바짝 말라 버린 언니에게 나는 차마 이 문장을 전해 주지 못했다. 지금은 언니를 볼 때마다 이 문장을 떠올린다. 어쩌면 언니는 아주 좋은 타이밍에 레이스를 멈춘 건지도 모른다. 그리고 내가 괴롭다고 할 때마다, 언니는 언제든 멈춰도 괜찮다고 말하며 차를 내어 준다.

얼마 전 언니는 1년 넘게 상담해 온 내담자의 상태가 좋아진 것 같다고 기뻐했다.

"어때? 보람 있지?"라는 내 질문에 언니는 "내가 아니라 내담자가 해낸 일이야. 나는 감사할 뿐이지"라고 답했다. 언니는 계속 더 아름다워지는 중이다.

절반의 세상

"12월 24일은 크리스마스 이브인데 진료 잡아 드려요?"

"그게 무슨 상관이야? 나는 예수 안 믿어."

외래 예약을 잡는 아주머니의 답변에 간호사와 주변 사람 모두 웃음이 터져 버렸다. 어르신들의 어처구니없는 답변이나 예상치 못한 호통에 간호사들은 상냥함을 필살기처럼 꺼내든다.

다른 환자들도 기다리고 있는데 한 할아버지의 귀가 너무 어두웠다. "원. 무. 과. 가. 서. 수. 납. 하. 시. 고. 채. 혈. 실. 로. 가. 실. 게. 요!"라고 말하는 간호사는 소리를 지르는 것도 안 지르는 것도 아니다. 그녀는 모든 안면 근육을 동원해서 할아버지에게 의미 전달을 하고자 하는 원초적인 노력을 하고 있었다. 그 상냥함 앞에서는 호통을 치던 어르신도 어느새 순한 어린아이가 되고 만다. 그들의 경이로운 전문성을 목격할 때마다 나는 숙연해진다.

우리가 평소에 보는 세상이란 절반의 세상이다. 아니 절반만도 못한 크기의 세상. 아파 본 사람은 알 것이다. 인류의 반은 병원에 있다는 것을. 혹은 병원도 갈 수 없어서 집 안 침대에 묶여 있다는 것을. 바깥세상을 걷는 우리의 건강한 걸음은 천편일률적이어서 아름답다.

　대학 병원에 들어가자마자, 천편일률적인 세상에 금이 간다. 절뚝거리는 초등학생이 혼자 원무과 수납을 하러 허둥지둥 걸어가는데 아무도 그 아이를 쳐다보지 않는다. 다양한 사람들이 마음껏 존재할 수 있는 곳, 바로 이곳이다. 이곳에서는 모두가 모두의 거울인지라, 바깥세상보다는 좀 더 따뜻하고 좀 더 너그럽다. 퇴원하는 자를 질투하지 않고 모두가 모두에게 행운을 빈다. 철학과를 나온 형민이가 그랬다. "불교에서 세상의 중심은 아픈 사람이 모이는 곳이래."

　병원은 아무리 깨끗해도 냄새가 난다. 눈물, 침, 땀, 그것도 모자라 피. 체액이란 체액이 여기저기에 버려져 있다. 1층을 지나칠 때는 푸드 코트의 음식물까지 섞여 알 수 없고 기분 나쁜 냄새가 난다. 피 검사를 하고 내 피가 묻은 솜을 쓰레기통에 버리는 순간, 나도 병원의 일부가 된다. 이제 냄새가 난다고 얼굴을 찌푸릴 수가 없다. 바깥

세상에서 병원의 세상으로 나도 완전히 넘어와 버렸다.

벽에 빼곡히 붙은 소원 카드를 본다. "암이 퍼지지 않게 해 주세요." 때 묻지 않은 가장 깨끗한 소망들이 모였다. 병원에 가는 길이 귀찮고 우울한 건 사실이다. 하지만 젊은 나이에 병원에 올 일이 종종 있다는 게 어찌 보면 복처럼 느껴진다. 대부분의 사람들은 언젠가 일상의 반 이상을 이곳에서 보내게 될 것이다. 틈틈이 올 때마다 익숙해지는 이곳의 향기. 병원에 늘 한 발은 얹어 놓고 바깥은 외발로 걷는다. 모두가 그렇다. 그러니, 쉬지 않고 기침하는 지하철 1호선의 어느 할아버지를 너무 째려보지도 말고.

전설의 거북이

샤워기 물줄기에 눈 코 입을 모두 넣고 숨을 참는다. 그리고 떠올린다. 깊은 바닷속에서 두 다리를 바짝 끌어안고 쥐며느리처럼 가라앉아 있는 내 모습. 감당하기 힘든 일이 있을 때는 늘 이 장면을 상상했다.

어두운 바닷속에서 스스로를 끌어안고 있으면 금세 아늑해졌다. 심장 박동 소리가 크게 들리고 물에 젖은 머리카락의 무게가 나를 점점 더 깊은 곳으로 끌고 내려간다. 그렇게 숨을 참고 있으면 엎치락뒤치락하던 감정들이 침잠하고 마침내 시야는 다시 선명해진다. 마음을 차분하게 하는 나만의 의식이다.

하지만 '평영'이라는 헤엄을 배우고부터 '쥐며느리 의식'은 그 쓸모를 다하고 말았다. 평영을 하는 기분이란 백 살 먹은 장수 거북이가 돼 천천히 물속을 유영하는 것 같다. 비로소 '바닷속 쥐며느리'라는 상상이 아닌 내 진짜 감각으로 고요하고 아늑한 물속을 느낄 수 있게 된 거다.

팔을 쉬지 않고 돌려야 하는 자유형과 달리 평영은 매우 여유롭다. 한가득 삼킨 공기를 물속에서 천천히 내뿜

part 1

101

는 동안 내가 할 일은 딱히 없으니. 개구리처럼 뒷발을 차고 그 반작용을 타고 유유히 떠밀려 가기만 하면 된다. 그렇게 앞으로 나아가는 동안 내게 들리는 건 내 콧구멍이 내뿜는 공기 방울 소리뿐이다.

차가운 물이 내 온몸을 부드럽게 안아 주는 느낌은 아예 '다른 차원의 세계' 혹은 다른 '생태계'로부터 들어와도 좋다고 허락을 받는 기분이다. '받아들여진다'는 것은 언제나 귀한 일이어서 나도 모르게 마음이 겸허해진다. 평화로운 물속에서 하늘색 수영장 타일을 따라 두둥실 나아가다 보면 마음도 어느새 균형감을 되찾는다. 주변 사람들과 나 사이. 업무와 집안일 사이. 부지런함과 게으름 사이. 한쪽에 치우쳐 부대끼던 마음의 눈금을 0으로 만드는 건 어찌나 어려운 일인지.

산소가 없는 물속에서는 지상 세계에서의 고민이 아무 의미가 없다. 숨을 오래 참을수록 나는 더 깊은 물속으로 들어간다. 무거운 수압에 숨쉬기가 힘들어지고 성급한 공포가 느껴지는 순간, 내가 살아 있다는 사실이 오히려 또렷하게 느껴진다. 깊은 물속에서 모든 번뇌와 고민을 날숨에 담아 내보내면 공기 방울은 곧 내 뒤로 사라져 버리고, 나는 수면 위로 올라와 '허억'하면서 참았던 숨을 먹는다. 델마와 루이스가 파란 자동차를 타고 달리며 "이제야 깨어 있는 것 같아"라고 말한 것처럼, 내가 과소평가해왔던 생의 감각에 번뜩하고 불이 들어오는 찰나이다.

그렇게 만족스러운 마음으로 물 밖에 나와 쉬고 있는데 옆 라인의 할머니가 눈에 들어왔다. 아주 천천히 평영을 하는 그녀. 내가 백 살 먹은 젊은 거북이라면, 그녀는 몇 세기를 살아온 전설의 거북이다. 그녀는 고개를 물속에 넣지도 않고 두 팔을 최소한으로 움직이며 나아가고 있었다. 그러다 한 번 물에 들어가면 40초 이상 나오지 않았다. 뭐지? 너무 궁금해서 나는 물속에 들어가 그녀의 움직임을 훔쳐봤다. 역시 최소한의 움직임만 허락하는 두 다리. 그럼에도 유유히 전진하는 몸. 정말이지 태평양을 건너기 위해 에너지를 효율적으로 사용하는 전설의 거북이 아닌가!

수영을 마치고 나와 샤워를 하고 있는데 쭈글쭈글한 한 할머니가 조심조심 걸어들어왔다. 어라? 그녀는 아까 봤던 전설의 거북이었다. 물속에서 보여 줬던 유려한 몸 대신 그녀의 굽은 등이 눈에 띄었다. 인어처럼 자유로운 몸짓은 어디로 가고 삐걱거리며 다가오는 할머니에게 다른 할머니들이 인사를 건넨다.

"할머니가 오늘도 가장 늦게 나오셨네."

느린 거북이는 쉽게 지치지 않는가 보다. 마음이 바빠서 뭐든 쉽게 지치는 나는 거북이의 주름진 몸을 빤히 쳐다봤다.

"어휴, 이놈의 수영복은 무릎 위로 벗는 게 너무 힘들어."

"원래 남자든 여자든 무릎 위로는 벗기기 힘든 거야."

전설의 거북이가 다른 할머니들과 나누는 음담패설을 엿들으며 히죽히죽 웃느라 나는 괜히 비누칠을 몇 번씩 반복하며 오래오래 샤워장에 머물렀다. 크게 행복한 일도 크게 불행한 일도 없이 평온한 거북이들의 웃음소리를 듣는 일이 아마 나의 새로운 의식이 되려나. 거북이들을 따라 천천히 유영하고 허튼 농담을 주고받으며 살고 싶다. 더 느리게 호흡하고 더 오래 웃으며 살고 싶다.

빵과 버터

○

　나에게는 손편지를 기가 막히게 잘 쓰는 친구 승연이 있다. 여기서 '잘'은 빈도와 능력 모두를 의미한다. 누군가에겐 꽤 귀찮은 일인 손편지를 '자주' 쓰는 것만 해도 능력이지만 승연에겐 '감동적인' 손편지를 써 내는 기술이 있다. 승연은 '안녕?' 같은 뻔한 인사로 편지를 시작하지 않는다. 작년 생일날 그녀가 써 준 편지의 첫 문장은 '나는 잔디를 좋아해'였다. 그다음에 그녀는 좋아하는 것들을 몇 개 더 나열했고(피스타치오와 젤라토 아이스크림), 마지막에는 나를 좋아한다는 문장을 썼다.

　대학 시절부터 꾸준히 그녀의 편지를 받다 보니, 그녀가 세월에 따라 어떻게 변해 가는지도 편지에 묻어나는 것 같다. 학생 때 승연이는 '동경'이나 '부럽다' 같은 말을 자주 썼다. 나를 얼마나 좋아해 주는지 느껴져서 행복하기도 했지만 그녀가 스스로를 더 사랑하기를 바라는 마음에 늘 마음을 졸였다. 따뜻한 문장들 사이에서 그녀의 외로움을 봤다고 하면 오만한 일이겠지만 해가 거듭될수록 단단해져 가는 그녀의 문장들을 보며 안도하기도 했다.

그리고 얼마 전 승연이 써 준 편지에는 이런 문장이 쓰여 있었다.

"You are the butter to my bread."

영화 〈줄리 & 줄리아〉에서 요리사인 줄리아가 사랑하는 남편에게 쓴 편지 속 한 구절이었다. 눈을 감고 그 문장의 냄새를 맡아 본다. 문장을 음미하고 또 음미할수록 호텔 조식으로 나온 노릇노릇한 식빵의 맛이 난다. 나는 버터와 딸기잼 뚜껑을 열기 전에 맨 빵 하나쯤은 그대로 먹는 편이다. '바스락' 하고 빵가루가 떨어져 식탁보까지 지저분해지는 순간이 좋다. 모든 것들이 제자리에서 무탈하게 흘러갈 것 같은 맛이다. 포슬포슬한 흰 부분은 씹을수록 달달해진다. 동그랗게 뭉친 탄수화물이 목구멍을 지나 공복 상태의 위장으로 무겁게 떨어지는 감각을 느낀다. 마침내 잠이 달아나고 의식이 명료해진다. 그렇게 첫 번째 빵을 먹고 나면 버터를 한 숟갈 듬뿍 퍼서 빵 위에 넓게 바른다. 버터의 물기 탓에 '바스락' 소리는 기가 죽는다.

노릇한 빵은 있는 그대로도 맛있지만 버터를 바르면 풍미가 달라진다. '당신이 있어도 없어도 난 있는 그대로 멋진 사람이에요. 물론, 당신이 더해지면 또 다른 사람이 될 수도 있어요.' 나는 승연이의 문장을 이렇게 읽었다. 승연이는 그 자체로 노릇노릇한 인생을 살고, 우리가 함께하는 시간은 또 다른 맛이 나겠지.

어린 시절 우린 참 샌드위치 같은 친구들이었다. 엎치락뒤치락 겹겹이 쌓여, 하나가 되지 않고는 못 배기던 우리들. 그러다 와르르 쏟아져도 웃기만 하고 화도 못 내던 우리들. 이제는 각자가 너무 커져서 더 이상 한데 엉킬 줄은 모르지만 만나면 색다른 풍미를 만드는 사이가 됐다. 이것만으로도 좋구나. 나는 승연이의 편지를 현관문에 단단히 붙여 놓는다. 집을 나가고 들어올 때마다 고소한 냄새가 나도록.

자급자족하는 마음

꽃집 앞의 금전수가 눈에 들어왔다. 먼저 떠난 할머니의 이름이 '금전'이었다. 돈 걱정 없이 풍족하게 살라는 노골적인 마음이 실린 이름. 어느 풍수지리 유튜버가 금전수는 돈을 불러오는 식물이니 집에 꼭 두라고 했던 말이 가슴 한편에 남아 있었다. '오늘이구나'라는 결심으로 금전수에 다가갔다. 줄기가 긴데도 하늘을 향해 곧게 뻗은 모습이 마음에 들었다. 나중에 찾아보니 금전수는 원래 이름이 제주도 말로 '똥나무'였고 똥나무가 '돈나무'로 불리게 된 거라고 한다. 그걸 가지고 마케팅 조상님들이 '금전수'라고 다시 브랜딩을 한 것인데 다 먹고 살자고 했을 테니 조상들을 원망할 생각은 없다.

집에 데려와 비장한 마음으로 포장 비닐을 벗겼다. 그런데 줄기들이 사방으로 축축 쓰러져 내렸다. 줄기들은 제힘으로 곧게 선 게 아니라 빳빳한 비닐에 기대어 겨우 서 있던 거였다. 내가 계산하러 가게로 들어갔을 때 꽃집 사장님은 인터넷으로 예배를 보고 있던 걸로 기억한다. '점심시간에도 예배를 보는 걸 보니 아주 신실한 종교인

인가 보다'라고 나도 모르게 생각했다. 사장님이 책상에 내려놓은 블루투스 이어폰에서는 목사님 말씀이 흘러나왔다. 그녀는 이 금전수 줄기들이 힘없이 쓰러질 걸 알고 있었을까.

분갈이를 하기 위해 거실 바닥에 앉았다. 집에 돌아오면 일단 유튜브로 아무 영상이나 틀어 놓는 편이다. 근데 이상하게도 오늘은 인스타그램, 넷플릭스, 유튜브가 해롭게 느껴졌다. '적막만큼 아름다운 음악이 없구나'라는 나답지 않은 생각을 하면서 1.5룸 오피스텔 바닥에 앉아 금전수 화분을 거꾸로 들어 올렸다. 연탄 모양으로 바닥에 떨어진 모종을 집에 있던 화분에 옮겨 심었다. 올리브나무가 6개월도 못 살고 죽어 나간 화분이다. 올리브나무가 죽고 이 화분을 청소해 준 적은 없었다. 금전수가 딱히 싫은 내색을 하지 않았으므로 죽은 자의 화분에 모종을 그대로 집어넣었다. 그런데 화분이 너무 작다. 입에서 삐져 나온 산낙지의 발처럼 뿌리 하나가 화분 밖으로 징그럽게 나와 있었다.

'터가 좋지 않아.'

금전수가 말했다. 여분의 화분은 없었으므로 이미 잘 살고 있는 다른 화분들을 바라봤다. 작은 몸집보다 훨씬 큰 화분에 사는 아레카야자에게, 미안하지만 퇴거 요청을 하기로 했다.

둘의 집을 서로 바꿔 주는 동안 나는 어떤 영상도 음악도 틀지 않고 누구와도 연락하지 않았다. 바닥에 흩어진 흙이 한 바가지였으나 청소기를 쓰는 대신 손으로 여러 번 꼬집어 휴지통에 담았다. 손가락 끝이 빨개질 때까지 반복해야 했지만 전혀 지루하지 않았다. 동거묘 오복이는 일정한 간격을 반복적으로 움직이는 내 손을 뚫어져라 쳐다봤다.

'왜 그래, 무섭게.'

오복이는 공격하기 전 신호인 엉덩이를 살짝 흔드는 동작을 취하더니 결국 내 손으로 달려들었다.

분갈이를 무사히 끝낸 나는 침대에 엎드려 못생긴 공책 위에 이 글을 쓰고 있다. '노트'보다 '공책'이란 말이 어울리는 물건이다. 노트북이 아닌 곳에 글을 쓰는 건 정말 오랜만이다. 모든 디지털 기기와 거리를 두는 이 밤이 우울에서 온 건지 여유에서 온 건지 모르겠다. 어쨌든 안전한 기분이 든다.

외부의 것이 나를 기쁘게 하거나 슬프게 하도록 내버려 두기 싫은 밤이다. 매일 밤 나의 기분은 사실 내가 만드는 게 아니라 타인이 만들어 왔다. 그 '외주화'에 너무 오랫동안 길들어 있었다. 내 감정의 원인과 결과를 스스로 책임지는 '자급자족'이 이렇게 좋은 줄, OTT 서비스를 네 군데나 구독하는 나는 모르고 살았다.

자두 세 알을 씻어 오복이를 구경하기 좋은 자리에 앉았다. 졸린 오복이의 얼굴이 배우 고창석 씨와 너무 닮아서 혼자 큰 소리로 웃었다. 오랜만에 공책에 글 조금 썼다고 손목이 아프고 글씨가 꼬불거리기 시작한다.

별것 아닌
것들이 모여
별것이 된다

부추의 비밀

어느 봄날 엄마는 도토리묵부추무침을 식탁에 올렸다. 할머니가 돌아가시고 일곱 번째 봄이었다.

"이거 할머니가 심었던 부추인 거 알아?"

"그게 무슨 소리야?"

"부추는 한 번 심으면 매년 저절로 나와. 그래서 계속 먹을 수 있어. 신기하지?"

나는 멍하니 부추무침을 바라봤다. 진녹색 부추들이 도토리묵 위에 누워 태연한 표정으로 말을 걸어 온다. '왜 그래? 무슨 일 있어?' 떠난 할머니 이야기를 하는 줄 모르고 부추들은 염치도 없이 생명력을 뽐냈다. 아무 일 없었다는 듯이.

검색해 보니 부추란 정말 신기한 존재였다. 다른 채소들과 달리, 한 번 씨를 뿌려 두면 누가 돌봐 주지 않아도 해마다 싹을 피운다. 돌봐 줄 필요가 없다니. 세상에 그런 생명이 있구나! 할머니는 세상을 떠나기 몇 해 전에 텃밭 일을 그만두었다. 그러니 이 부추는 적어도 10년 전에 처음 뿌리를 내렸을 거다. 그리고 할머니의 걸음이 힘들어진 후에도, 할머니가 떠난 후에도 부추는 지독한 생명력과 경이로운 독립심으로 우리 집 식탁에 올라오고 있다.

그러고 보니 할머니도 부추를 닮았었다. 할머니는 한글이 서툰 사람이었다. 할머니가 자막을 읽으려고 하면 TV 화면은 배려심 없이 휙휙 지나가 버려 그녀를 서운하게 했다. 할머니는 아침마다 종이 신문에 쓰인 커다란 헤드라인을 한 글자 한 글자 소리 내 읽었다. 마지막 글자가 끝나면 숨길 수 없는 뿌듯한 미소가 할머니 얼굴에 바스스 번졌다.

76세쯤 됐을 때, 할머니는 갑자기 한글을 제대로 배우고 싶다고 했다. 엄마는 동네 서점에서 한글 공부 책과 바둑이 공책을 사 왔고, 어릴 때 우리에게 해 줬던 것처럼 연필 대여섯 자루를 뾰족하게 깎아 할머니에게 드렸다. 뾰족한 연필만큼이나 날카로워졌던 할머니의 표정을 기억한다. 침대 위에 작은 나무 소반을 올리고 할머니는 벽에 기대서 쪼그려 앉았다. 그렇게 매일 한글 교실이 열렸다. 바둑이 칸 공책에 차례차례 글씨들이 채워져 갔다.

그리고 1년 후, 할머니는 잘 걷지 못하게 됐다. 2년 후에는 치매가 할머니 방을 들락날락했고 3년 후에 그녀는 한글을 배우던 그 침대에서 눈을 감았다. 바둑판 공책이 채워지는 만큼 할머니의 남은 시간도 지워져 가는 줄 그때는 몰랐다.

할머니는 여느 노인들처럼 기억을 잃어 가기 시작했다. 지독히 시집살이를 시키던 며느리를 '원장 선생님'이라고 부르며 따랐다. "선생님!"이라고 소리치는 소리에 내가 찾아가면, "누구세요? 원장 선생님 불러주세요"라고 해서 어떻게든 엄마를 찾게 만들었다.

그 호랑이 같던 할머니가 엄마 없이는 아무것도 못 하는 아이가 됐을 무렵, 우리 가족은 밤잠을 설치며 할머니를 돌봐야 했다. 새벽마다 할머니가 내지르는 소리에 온 가족이 할머니 방으로 뛰어가는 일이 많아졌다. 할머니는 줄곧 "아버지!"라고 울부짖었다. "아버지 살려 주세요"라고 외치며 몸을 떠는 할머니를 그의 아들이 안아 드렸다. 그때 우리 가족의 밤은 참 고되고 슬펐다. 우리는 그게 이별의 과정임을 알고 있었을까. 할머니처럼 강한 분은 쉽게 떠나지 않을 것 같았는데.

또 봄이 왔다. 어제는 가족들과 함께 부추전을 먹었다.

살아 있는 것들은 모두 고되게 이별하고 아무 일 없었다는 듯 다시 삶을 시작한다. 우리의 식탁에는 이제 할머니 대신 형부가 앉아 있다. 부추가 또 말을 걸어온다.

"별일 없지? 맛있게 먹어라."

가장 좋아하는 색에 대해 쓰시오

○

　할머니는 남자아이를 원하셨다. 일일 드라마에 딸 낳은 며느리 이야기가 나오자 남자아이에 대한 미련을 주렁주렁 꺼내 놓던 할머니를 기억한다. 엄마는 어쩌지 못하고 TV에 시선을 고정하고 있었고 나는 엄마의 파마머리 뒷모습만 쳐다봤다. 그때 엄마의 나이는 지금의 나와 비슷했으니, 젊은 그녀에게 진 마음의 빚이 많다.

　어린 시절 나는 분홍색과 파란색 둘 다 싫었다. 여자아이다운 걸 고르는 것 같아서 분홍이 싫었고, 그 반감으로 파랑을 선택하는 것도 싫었다. 그래서 언제나 초록색을 골랐다. 세일러문 중에서도 주피터를 가장 좋아했다. 초록색 스커트에 초록색 부츠를 신고 '목성'을 상징하는 주피터는 늘 쿨하고 멋진 캐릭터였다.

　내가 좋아하는 색이란 엄밀히 따지면 '초록색'이 아니라 '녹색'에 가깝다. 여리고 상냥한 '초록'보다 거대하고 울창한 '녹색'이 좋았다. 남성적, 여성적이라는 수식어로는 감히 넘볼 수도 없는 거대한 자연에 소속되고 싶었다. 늘 곁에 있지만 질리지 않고 어디에나 있지만 눈에 띄는 원초적인 존재감.

우리 집은 북한산국립공원 앞에 있어서 우리 가족에게 산책을 한다는 건 곧 산에 가는 걸 의미했다. 어느 날은 매표소까지 산책했고 때로는 첫째 다리까지 산책했다. 어느 계절, 어떤 날씨에도 녹색은 늘 그곳에 있었다. 습지에는 이끼가 있었고 겨울에는 상록수가 있었고 여름에는 모두 있었다. 꽃은 지지만 '녹색'은 지지 않는다. 그 덕에 사람도 사랑도 녹색인 줄 알고 자랐고, 곧잘 사람을 믿으며 상처도 받았다. 녹색처럼 산다는 건 나무의 일처럼 쉬운 게 아니라는 걸 어른이 되고서야 알았다.

거실에서는 감나무가 보였고 내 방에서는 라일락나무가 보였으며, 할머니의 텃밭에는 아카시아나무가 있었다. 친구들이 '꽃향기'가 난다고 할 때 '이건 라일락 향기야'라고 말할 수 있는 내가 좋았다. 그건 행운이었다. 골목 감나무에 감이 열리면 바람은 거세게 불어 잎만 잘도 거두어 갔다. 잎은 다 벗겨지고 열매만 남은 나무. 이제 엄마의 차례였다. 엄마는 기다란 장대를 가져와 감을 땄다. 무른 감은 새가 먹었고 튼실한 것은 내가 먹었다. 서울인데도 집값이 오르지 않는 동네지만 우리는 그곳을 떠날 줄 몰랐다. 아빠는 창문 밖으로 보이는 인왕산을 보면 마음이 편해진다고 했다. 어떤 날은 골목길에 족제비가 죽어 있었고 어떤 날은 집 앞까지 꿩이 내려왔다. 주말만 되면 동네 버스에는 등산객들 땀 냄새가 가득했다. 녹색이 낮은 우리 동네가 좋았다.

할머니의 장례를 치르고 집으로 돌아오던 날이었다. 더는 할머니가 함께 살지 않는 집, 할머니가 살아 있지 않은 집. 그 낯선 집으로 돌아가는 길이었다. 저 멀리 차창 밖으로 북한산이 들어오자 엄마는 "집이네"라고 나지막이 말했다. '녹색'은 우리의 집이었다. 여섯 명이 살던 집이 할아버지, 할머니가 세상을 떠나며 허전해졌지만 우리 집을 둘러싼 녹색은 변함없었다.

나는 동물원의 사자보다 식물원의 거대한 선인장들을 더 무서워했다. 아주 오래전부터 지구에 있었을 그들은 소름 끼칠 만큼 고요했다. 천장에 닿을 것 같은 높이의 선인장 그림자가 입구에 들어서는 내 발끝까지 닿았다. 아무런 자랑도 칭얼거림도 없는 장승들이 어린 나를 기어코 기죽였다. 그 숨 막힘이 나쁘지 않았다.

녹색이란 경이롭고 두려워서 어쩔 줄 모를 존재다. 그 압도감이 날 편안하게 한다. 영원한 존재감이 나를 장악할 때, 나는 아무것도 하지 않고 손에 쥐고 있던 노트북과 글쓰기와 미련과 사랑과 지식과 미움을 모두 내려놓는다. 무서운 바람이 불면 녹색은 더 짙어지는데 나만 사라져 간다.

녹색은 영원함이 마땅하고 우리는 사라지는 것이 마땅하다. 마땅한 것들이 서글프게 느껴질 때는 녹색 앞에 설 것. 모든 게 수긍된다.

정희에 대하여

13년 전, 나의 엄마 정희는 종로구에서 주는 효부상을 탔다. 효부상이란 효심이 극진한 며느리에게 주는 상이다. 어느 날, 할머니의 장애 등급을 심사하러 공무원 한 명이 우리 집을 방문했다. 그는 정희와 스몰 토크를 주고받다가 정희가 30년째 시부모님을 모시고 있다는 걸 알고 큰 감명을 받았다고 한다. 그는 곧장 종로구청으로 달려가 정희에 대한 추천서를 올렸고 그가 쏘아 올린 작은 공이 '효부상'으로 돌아온 것이다(일가친척들 사이에 이렇게 전해 내려온다).

시상식은 우리 동네에서 가장 큰 한식집에서 열렸다. 기품 있는 원피스를 챙겨 입은 정희가 단상으로 올라갔고 지위가 꽤 높아 보이는 공무원 할아버지가 정희에게 상장을 줬다. 나는 정희가 상장을 받는 모습을 학부모의 심정으로 뿌듯하게 지켜보며 수십 장의 사진을 찍었다.

'위 사람은 시부모를 존경하며 따르고 정성으로 봉양하였기에 이 상장을 드립니다.'

겸허한 활자들과 종로구청장의 이름 석 자가 박힌 상

장. 적당한 두께의 빳빳한 종이와 상장을 끼운 보들보들한 파란색 벨벳 케이스. 내 손에 정희의 30년이 들려 있었다. 그랬구나. 정희의 30년은 이런 감촉이었다. 정말 고생 많았어. 상장을 쓰담쓰담하며 정희의 세월이 인정받아 다행이라고 생각했다. 어리다는 이유로, 공부하느라 바쁘다는 이유로, 나는 제대로 목도하지 못한 정희의 30년을 증명할 수 있는 물증이 생겨 참 다행이라고 생각했다.

요즘 나는 더 열심히 물증을 모으는 중이다. 몇십 년 뒤, 폭삭 늙어 버린 내가 차가워진 정희의 손을 잡고서 '나는 엄마에게 좋은 딸이었을까요?'라며 지독하게 되물을 것을 안다. 결국 올 그날에, 그 질문에 더 떳떳해지고 싶어서 열심히 물증을 모은다. 플레이 버튼을 누르면 언제든 들리는 정희의 목소리와 정희의 웃는 얼굴, 내복만 입고 설거지를 하는 정희와 화장을 곱게 하고 교회에 가는 정희를 모으고 또 모은다.

며칠 전에는 정희와 처음으로 호캉스에 다녀왔다. 난 정희에게 "이게 몇 번째 호캉스야?"라고 물었고 정희는 "네가 태어난 해에 신라호텔에 가 봤지"라고 말했다. 정희에겐 33년 만에 오는 생애 두 번째 호캉스.

나는 정희를 호텔 로비에 세우고 크리스마스트리 앞에 세우고 백화점 앞에도 세우고 액자 앞에도 세우고, 시도 때도 없이 사진을 찍었다. 웃어 보라고 했다가 모델처럼 무표정을 지어 보라고 했다가, 옷은 왜 그렇게 입었냐고 타박하기도 했다. 나의 어린 시절 정희가 나를 괴롭혔던 것처럼.

정희와 나는 저녁으로 막걸리를 마시고 파전을 찢었다.

"엄마, 내 결혼이 엄마의 과제는 아니었으면 좋겠어."

졸졸졸 떨어지는 막걸리 소리에 나는 묵혀 왔던 말을 흘려보냈고 엄마는 알겠다고 말했다. "물론, 내 과제도 아니야"라고 덧붙이고 우리는 별말을 하지 않았다. 정희는 생각보다 참 넓은 사람이다.

우리는 호텔에 돌아와, 정희가 락앤락에 담아온 사과와 귤과 견과류와 오징어땅콩을 먹었다. 나는 혼자 거품 목욕을 했고 정희는 싱글벙글하며 나를 동영상으로 찍었다. 마지막으로 TV 앞에 핸드폰을 세워 타이머를 맞춰 두고 함께 사진을 찍었다. 3초를 남겨 두고 바삐 뛰어다니는 나를 보며 정희가 크게 웃었다.

그날 밤 나는 어른이 되고 처음으로 정희와 단둘이 잠자리에 들었다. 정희 등에 얼굴을 파묻고 무릎을 구부리자, 정희의 구부린 무릎 뒤로 내 무릎이 쏙 들어갔다. 얼마나 똑같은 자세로 자면 이렇게 겹쳐서 잘 수 있을까. 우리 둘 다 새우처럼 자나 봐.

인스타그램에는 남편과 딸과 호캉스를 간 친구의 사진이 올라왔다. 엄마는 아직 할머니가 아니고, 나는 아직 엄마가 아니다.

"이거 참 좋네. 정희야, 우리 호캉스 더 자주 오자."

우리 동네 예찬

○

　주말의 서촌은 골목마다 풀 냄새가 났다. 손을 이제 막 잡은 연인들의 정갈한 오라aura. 시폰 드레스에는 주로 자글자글한 꽃이 그려져 있었고 반듯한 줄무늬 니트 안에는 흰색 반소매 티셔츠가 보였다. 둘 중 한 명은 필름 카메라를 들고 있었으며, 다른 한 명은 효자동 베이커리나 유명 에그 타르트 가게 봉지를 들고 있는 경우가 많았다.

　광화문 주민으로 사는 동안 나는 주말마다 경복궁 옆에 있는 MK2 카페나 보안 책방에 갔다. 예술인과 회사원의 경계에 있는 애매한 표정의 사람들이 그곳에서 사지도 않을 책을 만지작거리거나 노트북을 켜고 시간을 보내고 있었다. 그곳에서 나는 소속감을 느꼈다. 단정하면서도 흐트러진 모순이 그 골목의 매력이었다. 깔끔한 갤러리 안으로 들어가면 한 여인이 사막에서 옷을 벗고 있는 회화 작품이 있었다. 사막 저 멀리에는 빨간색 깃발이 아주 작게 그려져 있었다. 나는 몹시도 그 그림을 사고 싶었지만 가격이 500만 원이라 살 수가 없었다. 훗날 돈이 썩어 나는 부자가 되면 그 그림을 사야겠다는 생각에 작가 이름을 적어 놨다. 그러나 그 이름을 어디(어떤 앱)에 적어 놨는지 까먹어 버렸다.

종로는 행진의 동네였다. 33년 사는 동안 경찰 닭장차가 길을 막아 집에 제때 못 가는 날이 자주 있었다. 그럼에도 제 목소리를 내기 위해 걷고 또 걷는 행렬을 나는 좋아해 왔다. 서촌에는 오래된 농학교가 있는데, 장애인 아이들과 함께 자랄 수 있는 이 동네가 좋았다.

몇 년 전 장애인 학교 설립 문제로 민관 간 갈등이 심했던 동네가 있었다. 무릎 꿇고 엉엉 우는 학부모의 영상이 며칠간 내 피드에서 맴돌았다. 농학교 학생들과 함께 자란 내 친구들의 인격을 봤을 때, 그건 반대할 일이 아니라 반가워할 일이었다. 공감하고 배려하는 능력은 '일타 강사'에게 배울 수 있는 게 아니니까. 장애는 가까이에 있고 누구에게나 있을 수 있다는 것을 자연스럽게 체득하는 건 행운이었다.

"여기 자리에 앉으세요" 하고 자리를 비켜 줄 때 "나 아직 그렇게 늙은이 아니에요" 하며 손사래 치는 지하철 3호선의 할머니가 좋다. 종로2가 모텔에서 쭈뼛쭈뼛 나오는 대학생 커플이 좋고 그 모텔 앞에 쭈그려 앉아 키득거리며 담배를 태우는 할아버지들이 좋다. 그 건너편엔 취준생 거리(a.k.a. 젊음의 거리)가 있다. 익명의 취준생들이 모여 함께 공부를 하고 서로에게 조언을 던지는 곳. 강남 학원은 멀고, 시간도 돈도 아쉬운 취준생들이 모여 미래를 준비한다. 종로 버거킹엔 젊은이와 할아버지가 한데 섞여 감자튀김을 먹는다. 젊은이들은 영어 단어를 외우고 할아버지들은 신문을 읽거나 앞자리 젊은이의 뒤통수만 쳐다보고 있다. 난 이런 종로를 참 사랑했다.

그리고 얼마 전, 나는 생애 처음으로 종로구를 벗어나 용산구민이 됐다. 용산구민이 되기로 결심하고 한동안은 두려움에 떨었다. 태어나서부터 줄곧, 경복궁 인근을 벗어나 본 적 없는 나에게 엄마 아빠는 "너 너무 멀리 가는 거 아니니?"라고 했다(부모님은 여전히 종로구 가장 안쪽에 사신다).

종로 토착민들에게 종로 밖이란 어디든 우범지역과 같다. 청와대를 지키는 사복 경찰들이 얼떨결에 우리 가족까지 지켜 주고 있다고 믿기 때문일까. 아니면 어디든 어르신이 많고 나무가 많은 분위기 때문일까. 33년을 같은 동네에 살다 보면 사고 회로가 이상해진다. 내가 이곳을 벗어나면 무슨 일이 생기는 게 아닐까 하고. 예를 들어, 종로를 둘러싼 마법진이 있고 그걸 벗어나면 저주에 걸리지 않을까 걱정하는 식이다. 그런 쓸데없는 불안을 느끼며 열심히 이사를 준비했다.

그리고 이사 9일 차였던 어제, 슬리퍼를 신고 용산전쟁기념관 광장에 앉아 책을 읽었다. 솟아오르는 분수의 물결과 푸른 하늘. 이태원으로 향하는 대학생 무리의 루스한 청바지와 크롭 티. 아, 이것이 용산의 스케일인가. 나는 종로의 마법진을 벗어났지만 다행히 어떤 저주에도 걸리지 않았다. 아무 일도 일어나지 않은 용산은 평화로웠다.

이태원에서 흘러오는 이국적인 향기, 핸드폰만 바라보는 엄마에게 관심받기 위해 춤추는 아이의 땀 냄새, 분수의 물방울, 잡다한 감각들이 광장 한가운데 있는 총알 모양 조각상 꼭대기로 모여들었다. 그 사이, 아침에 바른 보디로션의 망고 향기는 땀과 섞여 묘한 냄새를 풍겼다. 여기에, 남영역과 용산역에서 달려오는 미세 먼지까지. 이 복잡한 화학 작용(그렇다고 치자)이 용산구민으로서의 나의 첫 감각이다.

킁킁대는 나에게 친구는 "이게 용산구의 페로몬이지"
라고 했다. 그래, 이곳이 나의 캘리포니아구나. 동부(종로
구)에서 온 나는 감동하느라 고개를 끄덕이지도 못했다.

집안일의 지겨움

◯

    집 앞 카페에서 글을 쓰고 있는데 의자가 따뜻해져 왔다. 화장실 거울을 등지고 뒤를 보니 청바지에 번진 피 얼룩이 보인다. 남은 커피를 차분히 마시고 집에 돌아왔다. 세면대 하수구를 막고 차가운 물이 차오르길 기다렸다. 피가 묻은 부분을 차가운 물에 푹 담그자, 그새를 못 참고 핏물이 빠져나왔다.

    세면대에서 청바지를 꺼내, 이번엔 세탁기에 넣었다. 빙글빙글 돌아가는 세탁기 앞에 서 있는 나를 봤다. 제법 평온해 보였다. '너, 정말 어른이구나.' 호들갑 떨며 칭찬해 주고픈 마음도 있었지만 그녀의 조용한 시간을 지켜주고 싶어서 내버려 뒀다.

    김훈 작가가 쓴 《밥벌이의 지겨움》을 공감할 줄 아는 '밥 벌어먹는 인간'이 되고서도 '아, 내가 어른이 됐구나' 하고 느낀 적은 별로 없었다. 내 몸이 하나의 유기체로서 생을 유지하려면 돈이 필요하다. 내가 직접 돈을 번다는 것은 그래서 아름다운 일이고 어른스러운 일이다. 내 '생명'을 책임질 줄 아는 인간이 됐다는 거니까.

그러나 자취를 하고 집안일을 온전히 내가 하게 되면서 김훈 작가가 뭔가 놓쳤다는 의심을 하게 됐다. '밥벌이'가 아름답다면 '집안일'은 성스러웠다. 밥벌이로 책임지는 게 내 '생명'이라면 집안일로 완성되는 건 내 '삶'이다.

집안일은 밥벌이보다 몇 배로 지겹다. 나의 아빠는 25년 동안 같은 회사에 다녔다. 그 안에서 몇 번의 승진을 했고 하는 일이 고도화됐으며 조직 내 영향력도 커져 갔다. 나의 엄마는 36년째 같은 살림을 한다. 단 한 번의 승진도 없었다. 나이가 들수록 새로운 장비가 들어와서 '살림살이'는 좀 나아졌지만 오른쪽 엉덩이뼈는 이미 녹슬어서 세라믹 인공 뼈로 바꿔 끼워야 했다.

한번은 아빠에게 "죽기 전에 설거지를 한번 해 봅시다"라고 제안해(어르고 달래서), 그가 설거지하는 영상을 촬영했다. 손에 낀 붉은 고무장갑이 그보다 더 어색해하고 있었다. 아빠에게 왜 부엌일을 하지 않느냐고 물었더니 "어릴 때부터 부엌에 들어가면 고추 떨어진다고 배웠는데, 사람이 바뀌는 게 참 쉽지 않다"라고 그는 대답했다. 그리고 그런 자신을 이해해 달라고 했다.

고된 '밥벌이'가 끝나고 집에 돌아와서 향기로운 샤워 타임을 시작하려고 했으나, 뭉친 머리카락 때문에 하수구가 막혀 있었다. 심지어 구정물이 역류해서 내 발가락을 적셨다. 샤워라는 '깨끗한 시간'이 단번에 '끔찍한 현장'이 돼 버렸지만 나는 더 이상 도망칠 수가 없었다. 어렸을 때 나는 이런 상황을 마주하면 화장실 문을 빼꼼 열고 "엄마!"를 외쳤다. 지금의 나는 하수구 뚜껑에 두 손가락을 가열하게 꽂고 오물 덩어리에 직면한다. 집안일은 이렇게나 주체적이고 의지적인 일이다.

집안일이 단순히 더러움을 해결하는 일은 아니다. 거실 바닥에 밟히는 머리카락들은 '내 육체에서 이탈한' 것들이다. 곳곳에 숨어 있는 먼지도, 쓰레기도 모두 내가 만든 것이다. 내 몸에서 이탈한 무언가와 내가 만든 쓰레기들. 온전히 내가 살아간 결과물이다. 집이라는 공간이 본연의 기능을 회복하도록 내가 만든 오물을 내 손으로 치우는 행위. 그게 집안일이다. 내가 저지른 것에 대해 내가 책임을 지는 가장 '어른스러운' 일이다.

나와 아빠가 각자의 방에서 핸드폰과 컴퓨터를 보고 있을 때, 화장실에서 머리카락 뭉치를 끌어올리고 있었을 엄마를 생각한다. 엄마라는 어른에게 의지했던 나와 아빠의 어린 시절을 생각한다.

올해도 새해 소원은 적게 일하고 많이 벌기. 일한 만큼만 버는 사람은 능력 없는 사람이라고 배웠다. 그러나 집이라는 성역에서는 치운 만큼 깨끗해진다. 땀 흘린 만큼 맛있는 음식을 먹게 되는 부엌과, 청소한 만큼 줄어드는 먼지와 재채기의 빈도에서 육체노동의 즐거움을 배운다.

청바지에 피가 묻었을 때 내가 할 일은 짜증 내는 것뿐이던 때가 있었다. 엄마가 찬물에 청바지를 담가 뒀다가 깨끗이 세탁해서 가져다 줄 때 "두고 나가"라고 하던 못돼 처먹은 시절이 있었다. 세면대에 가득 찬 핏물을 보고 있노라니 '이제야 좀 나은 인간이 됐구나' 싶다.

스스로의 삶을 책임지는 행위는 밥벌이뿐만이 아니다. 더 지겨운 것은 그다음 일이다. 만년 아기 같은 우리 아빠도 이제 청소기를 돌리고, 행주질도 할 줄 안다. 그게 주체적으로 살 수 있는 가장 쉬운 방법이라는 걸 아빠도 깨닫길 바란다. 봄이 온다. 오랜만에 꼰대질("다 아빠 생각해서 하는 말이야")을 하러 본가에 찾아갈 것이다.

갖추고 살거라

나는 명품 백이 없다. 20대 중반까지도 누군가 명품에 대해 물으면 샤넬과 프라다밖에 답할 줄 몰랐다. 샤넬은 워낙 샤넬이라서 알았고 프라다는 중학생 때 알게 됐다. 지금의 노스페이스와 스톤아일랜드처럼 그때 우리에겐 프라다 백팩이 있었다. 다행히 부모님 등골 빠질 일은 없었다. 나와 친구들은 명동 길거리에 서 있는 회전 거치대에서 프라다(와 같은 모양을 한) 백팩을 샀으니까. 프라다가 1913년 이탈리아 밀라노에서 시작된 유서 깊은 브랜드라는 건 전혀 알지 못했고 알 생각도 없었다. 그저 우리 학교 '일진 언니들이 드는 가방'이라고만 알고 있었다. 일진 언니들'께서는' 프라다 가방끈을 엉덩이까지 길게 늘어뜨리고 다녔다. 나는 가방끈의 길이를 엉덩이와 허리 사이에 있는 꼬리뼈 위치까지 맞췄다. 그들보다 가방끈이 길어서는 안 될 것 같았다.

20대의 나는 영국 글래스턴베리glastonbury 페스티벌 라인업이 적힌 에코백과 라오스 야시장에서 산 파우치에서 허영심을 느끼는 인간이 됐다. 한번은 카페에서 옆 테이

블에 앉아 있던 여성이 "죄송한데, 그 파우치 어디서 사신 거예요?"라고 물었다. 나는 "아…… 이게 라오스 야시장에서 산 거예요"라고 말하며 미소 지었다. 미소란 본디 양쪽 입꼬리가 균등하게 올라가야 하는데 망측하게도 한쪽 입꼬리가 더 높이 올라갔다.

신입 사원 때는 힌두교의 '가네샤' 신이 그려진 티셔츠를 입고 출근을 했다. '시바' 신의 아들인 가네샤는 코끼리 얼굴에 사람 몸을 하고 네 개의 팔을 달고 있다. 욱해서 아들의 머리를 날려 버린 파괴의 신 시바가 빠르게 후회하며 지나가던 코끼리의 머리를 아들에게 달아 줬다는 이야기가 있다. 나는 이 이야기가 좋아서 가네샤의 티셔츠를 사게 됐다. 내가 그 티셔츠를 입고 회의실에 들어가자 팀원들은 물었다.

"그 코끼리는 뭐야?"

"시바 신의 아들입니다."

가네샤에 대한 복잡한 설명을 하는 대신 흔히 알고 있는 시바 신을 이용하는 나의 순발력은 오로지 효율적인 커뮤니케이션을 목적으로 하고 있었다.

"씨바라고 했니?"

그러나 차장님은 오해가 있어 보였으며,

"너, 적십자에서 옷 받아 입는 건 아니지?"

팀장님은 나의 취향을 희화화하며 자신의 드립력을 어필하는 데 집중하고 있었다. 동경할 일진 언니들이 사라진 20대에 나름 독자적으로 구축한 나만의 허영심은 사회에 나오자 종종 희화화되곤 했다.

반면, 엄마에게 자주 듣게 된 말이 생겼다.

"갖추고 살거라."

정말 함축적이고 고상한 말이다. 그러나 이 말에 앞서 엄마는 항상 "어우-"라는 추임새를 넣는데 "우-"를 아주 길고 높은음으로 발화한다. 게다가 눈으로는 나의 옷을 위아래로 스캔하기 때문에 최종 결과물은 다소 세속적이다. 이어지는 추가 설명은 그래도 설득력이 있는데 주로 나의 사회생활을 걱정하는 내용이다.

"갖추고 다녀야 누가 너를 무시하지 않지."

팀장님에게 '적십자' 드립을 들었던 것을 볼 때, 엄마의 조언은 의미가 있었다. 하지만 엄마의 마음을 아프게 할 수도 있기에(혹은 잔소리를 몇 배로 들을 수 있기에) 팀장님의 드립을 전하지는 않았다. 나는 엄마의 조언을 외면한 채로 30대가 됐고 어느새 나의 방에는 에코백들이 수두룩 빽빽 쌓여 있었다.

"에코백이 세 개 이상 있으면, 더 이상 에코가 아니다."

채식주의자 친구의 명언대로 나의 허영심은 어느새 본질을 벗어나 있었다. 30대 친구들이 '카 푸어' '하우스 푸어'를 향해 갈 때 나는 어쩌다 '에코백 푸어' '빈티지 푸어'가 된 걸까. 나는 가열하게 옷장을 열어 쓰레기처럼 쌓여 있는 옷을 쏟아냈다. 낡아서 구멍이 난 에코백들을 정리하고 내 불룩한 배를 돋보이게 하는 쫄쫄이 원피스들을 정리했다. '언젠가는 입을 거야. 입을까? 입을지도 몰라' 하던 옷들도 정리했다.

'언젠가'가 언제인지 도통 알 수가 없었다. 나는 언젠가 하이힐을 신고 왕 귀걸이 하고 다니는 커리어 우먼이 될 줄 알았지만, 지금도 노랑머리에 나이키를 신고 다니니까. 그 언젠가는 영영 안 올지도 모르고, 애초부터 잘못 설계됐는지도 모른다. 그래서 언젠가는 의미가 없다.

당근마켓에서 아무리 '끌올'을 해도 팔리지 않는 떡볶

이 코트는 아직 운명을 기다리는 중이다. 나는 거르고 걸러 남은 엑기스 옷들을(엑기스라고 해도 아직 흘러넘치지만) 착착 접어 넣었다. 이런 정리를 열 번쯤 더 하고 살아남은 옷들이 나를 스티브 잡스나 앙드레 김으로 만들어 주면 좋겠지만, 당근마켓에 올라온 다른 판매자의 옷이 눈에 들어오는 것 또한 어쩔 수가 없다.

연쇄 식물 살해범의 다짐

죽은 아카시아나무 화분에 버섯이 빵긋 피어났다. 아카
시아는 우리 집에 온 지 일주일 만에 운명을 달리했다. 우
리 집은 남향이고 벽 한 면이 모두 창문으로 돼 있다. 그런
데 왜 죽었을까. 죽은 아카시아는 말이 없다.

버섯이라는 것이 숲에서 봤을 때는 참 귀여웠는데 집에
서 보니 기괴했다. 캐내도 캐내도 버섯은 다음날 다시 올
라왔다. 아카시아의 죽은 뿌리 밑으로 버섯의 생태계가
완성된 것이 틀림없었다. 키가 내 허리까지 오는 나무의
시체를 한참 바라보다가 결국 쓰레기봉투를 가져왔다. 너
는 어쩌다 우리 집에 와서 요절했을까. 가위로 죽은 가지
를 자르려는데 아무리 힘을 써도 잘리지 않았다. 아직 이
승에 할 말이 남은 것이냐. 그래, 다음에 가자꾸나. 나는
포기한 저승사자처럼 쓰레기봉투를 다시 서랍에 넣었다.

초등학생 때부터 지금까지 내가 죽인 식물을 떠올려 봤
다. 내가 초등학생 때는 친구 생일 선물을 사려면 무조건
'모닝글로리'라는 문방구로 갔다. 거기서 각종 쓸데없는
장식품(주로 세라믹)이나 액자를 사서 친구에게 선물하고

는 했다. 장식품이나 학용품이 지겨울 때는 화분을 선물하기도 했다. 대부분 아주 인위적으로 꾸며진 다육이 화분이었는데, 친구 엄마들은 그 화분을 가져가서 TV 위에 올려놔 줬다. 나는 그 화분을 할아버지 생신 때도 선물했기 때문에 우리 집 TV 위에도 어김없이 다육이가 있었다. 그게 내가 살해한 첫 번째 식물이었다. 식물을 사랑하는 마음은 곧 '물을 주는 일'이라고만 배웠기 때문에 선인장에도 아낌없이 물을 줬을 뿐이다. 이기적이고 무지한 사랑이었다.

어린 시절 우리 집 거실에는 천장까지 닿는 행운목과 관음죽이 있었다. 할아버지는 그들의 양육자를 넘어, 생물학적 아버지처럼 보였다. 할아버지가 쓰다듬어 주면 그들은 있지도 않은 꼬리를 미친 듯이 흔들어 댔다. 하지만 식물을 잘 기르는 능력은 가족력이 아니었다. 나는 초등학교 텃밭에서 기른 '오지윤의 고구마'와 '오지윤의 상추'조차 제대로 수확한 적이 없다.

죽은 식물을 쓰레기봉투에 넣을 때마다 이상한 죄책감을 느낀다. 만약 이게 동물이라면 뉴스에 나오고도 남을 일인데 어째서 식물의 사체는 이렇게 대수롭지 않게 유기되는가. 나는 연쇄 식물 살해범으로 '그것이 알고 싶다'에 이미 나오고도 남았겠지. 때마다 나는 그들을 주차장 옆 작은 화단에 묻어 줘야 할지 생각한다. 하지만 올해도 몇 번이나 죽은 식물들의 메마른 잎과 검정 줄기를 '일반 쓰레기' 봉지 속으로 구겨 넣었다.

《당신은 개를 키우면 안 된다》라는 책을 사서 아빠에게 선물했다. 반려견을 키우면서도 산책을 싫어하는 아빠에게 무언의 일침을 날리고 싶었다. 그렇다면 '당신은 식물을 키우면 안 된다'라는 책은 왜 없는 걸까. 아직 아무도 그런 책을 써서 식물들의 목소리를 대변해 주지는 않았다.

'수신제가치국평천하修身齊家治國平天下'라고 했다. 우리 집 환경부터 잘 지켜야 지구도 잘 지킬 수 있을 것 같은데 나 같은 연쇄 식물 살해범도 지구를 지킬 수 있을까. 우리 집 엔 아직 네 개의 생명이 남아 있다. 잎이 갈라지기 시작한 여인초, 좀처럼 성장하지 않는 고무나무, 아직 우리 집에 온 지 열흘밖에 안 된 홍콩야자, 그리고 유일하게 잘 자라 주는 금전수.

여름옷들을 정리하고 침대 밑에 있던 화장품 샘플을 긁

어모아 파우치에 넣었다. 우리 집이 거대한 혈관처럼 느껴졌다. 물건으로 꽉 차서 피가 통하지 않는 나의 집은 곧 뒷목을 잡고 쓰러지기 직전이었다. 잘 쓰지 않는 접시와 먼지 쌓인 카펫, 오래된 수건과 속옷, 양말까지 정리하니 남은 건 죽은 아카시아나무. 아직은 이 큰 몸을 쓰레기봉투에 넣을 자신이 없어서, 마지막으로 한 번 더 유예했다.

땀이 날 정도로 집 정리를 하고 침대에 누워서 쇼핑 앱을 켠다. 친환경 브랜드들이 가장 첫 번째 화면에 떴다. 친환경이라는 이름이 붙은 칫솔과 행주를 장바구니에 담아본다. 이로써 내가 죽인 수많은 식물의 넋을 위로할 수 있을까? 재밌는 건 친환경 아이템의 '친환경'이란 대부분 이 물건들이 '버려질 때' 발휘되는 가치라는 거다. 쓰레기가 됐을 때 생분해되거나 재활용이 가능한 물건들. 언젠가 버려질 순간을 고려하며 새 물건을 사는 일이 문득 의아하게 느껴진다.

나는 느닷없이 쇼핑 앱들을 삭제하기 시작했다. 내일 다시 다운로드할 가능성이 매우 높지만 이렇게 오늘을 마무리하는 의식을 치른다. 오늘의 나는 내 폰 안의 쇼핑 앱들과 함께 죽고, 내일 아침 새롭게 태어날 것이다. 언젠가 버릴 물건이라면 굳이 짊어지지 않겠다는 문장을 되새기며 잠이 든다. 마음이 공허할 때는 휴지에 물을 적셔 여인초 잎을 닦으리라.

넘버링의 세계

오랜만에 본가에 다녀왔다. 본가가 자리한 골목에는 30년에서 40년 전에 태어난 주택과 빌라들이 줄지어 있다. 골목의 첫 번째 집은 초록색 대문 집이다. 집 안에서 싸우는 소리가 자주 들리던 탓에, 이 집 앞을 지날 때는 습관적으로 긴장을 한다. 20년 전 들었던 아주머니의 비명 소리가 아직 잊히지 않는다.

초록색 대문 맞은 편에는 골목에서 가장 오래된 주택이 있다. 이상하게도 이 집 주차장은 항상 열려 있고 그 안에는 잘못 건드리면 쏟아질 듯 기계들이 쌓여 있다. 운 좋으면 주인아저씨가 보랏빛 형광등을 켜고 작업하는 뒷모습을 볼 수 있었다. 아저씨는 어깨까지 오는 흰머리를 곱게 내려 묶고 작업을 했는데 무엇을 만드는지는 알 수 없었다. 그 옆집은 소나무와 거북이가 화려하게 새겨진 금색 대문을 달고 있다. 언뜻 보기에 골목에서 가장 부잣집 같다. 봄이 되면 담벼락에 개나리가 쏟아지고 하얀 진돗개가 얼굴을 내밀었다.

태어나서 30여 년 걸어온 골목이 새삼스럽다. 단순한

그리움 같은 건 아니다. 대문의 색깔, 집을 지은 소재, 담벼락 밖으로 삐져나온 식물, 커다랗게 박혀있는 'OO맨션' 금장. 그래봤자 뻔한 것들이 다채롭다. 그들에게는 '설명할 것'들이 많아 보여서 함부로 말을 걸면 안 될 것 같은 기분이다. 하루 종일 나를 붙잡고 사연을 쏟아낼 것 같은 집들이 나를 빤히 쳐다본다. 고유한 것들이 줄지어 있는 풍경은 쓸데없이 아름다워서 머쓱할 정도다.

비슷한 품격을 지닌 것들은 군집하는 법이다. 집도 그렇고 사람도 그렇다. 끼리끼리 모여 반대편에 눈을 흘긴다. 나는 어디서 누구와 비슷하게 살아갈 것인가, 누구와 무리를 이룰 것인가. 모두가 그걸 고민한다. 비슷해지려는 욕망에 집중하다 보니 '고유한 것'들을 음미할 시간이 없다. 무언가를 제대로 설명하기 위해서는 그 대상의 고유성을 파악해야 한다. 다른 것과 비교했을 때 오직 그 대상으로만 귀결될 수 있는 것들을. 이 골목은 고유성으로 가득 차 있다. 눈에 담을 거리가 많아서 핸드폰을 볼 시간이 없다.

아파트와 오피스텔의 거리는 '넘버링'의 세계다. 번지수, 몇 동, 몇 층, 몇 호로 모든 게 설명되는 넘버링의 세계에는 관찰과 묘사와 비유가 필요 없다. 아이들에게 집을 그리라고 하면, 회색 문을 그리고 그 문에는 노란색 숫자를 올린다. 빌딩도 창문도 직선. 유일하게 그릴 만한 곡선은 숫자뿐이다. 넘버링은 '설명'을 무력화시키는 '지칭'의 영역이다. 숫자로 하면 한마디로 되는 세상에서 '설명'은 비효율일 수밖에 없다.

  3년 전, 독일에서 한 달 살기를 하는 동안 베를리너 '미키'의 집에 묵었다. 미키는 허름한 다세대 주택에 살았다. 어떤 집은 초인종 대신 타자기를 붙여 놨고(이 집주인은 굉장히 특이한 사람이다) 어떤 현관 앞에는 화분이 지나치게 많았다. 서로 다른 집에 서로 다른 사람들이 산다는 당연한 사실이 그곳에서는 눈에 띄고 손에 만져지고 발에 밟혔다. 건물 계단을 오르내리며 집들을 구경하는 것만으로도, 좀 더 포용력 있는 사람이 되는 기분이 들었다. 3층 타자기 초인종 집의 사연과 5층 화분이 많은 집의 사연을 상상하는 동안 내 삶은 분명 더 풍성해졌다.
  며칠 전 친구가 이런 말을 했다.
  "요즘 어린이들이 빌라에 사는 친구를 '빌라 거지'라고 부른대.”

초등학생의 생각에서 나온 말은 아니겠지. '요즘 애들'이 하는 말이라고 해서 아이들을 탓할 수는 없다. 집이란 뭘까. 백 명의 아이들이 있으면, 아이들은 고유한 백 개의 집에 산다. 아파트와 아파트가 아닌 집, 세상에 단 두 개의 집만 있다고 가르친 사람은 따로 있을 거다.

요즘 어린이들에게 말하고 싶다. 101호와 102호의 차이가 아니라, 20평대와 30평대의 차이가 아니라, 밤새도록 설명할 수 있는 고유한 공간에 살아도 괜찮다고 말이다. 물론 나도 '자가'도 '자차'도 없이 불안에 떠는 소시민 어른인지라 이 말은 어느 어린이보다 먼저, 나 자신에게 하는 당부다.

나는 평범하지 않은 걸 볼 때 마음이 놓이는 사람이다. '다양성' 속에 살고 있다는 안도감은 뿌리도 깊고 여운도 길다. 여행을 간 지 오래돼서일까. 아니면 뉴스에 나오는 대로 '내 집'이 없어서일까. 불안이 불쑥거린다.

맹목적 사랑

○

맹목적인 사랑은 '종교'를 닮았다.

많은 사람들이 죽기 전에 종교를 갖지 못한 것을 후회한다고 한다.

열여섯 살.

나의 첫 번째 종교는 동방신기였다. 그때 내 인생 첫 명함이 생겼다. 명함에는 '웹상'이라는 보직이 쓰여 있었는데 그건 팬으로서의 특정 역할을 뜻하는 은어였다. 커뮤니티 활동을 하는 팬들은 크게 두 가지 보직으로 나뉘어 임무를 수행했다.

'지상'이 음악 방송과 콘서트에서 발로 뛰는 팬이라면 '웹상'은 포토샵으로 배너와 움짤을 생산하는 팬들을 의미했다. 종교로 치자면 지상은 성가대, 웹상은 전도사에 가까웠다. 나는 신들의 무대를 눈앞에서 응원하진 못했으나, 온라인 세계를 밤새 누비며 신들의 위대함을 전파했다.

나는 아빠 컴퓨터 앞에 앉아 새벽까지 포토샵을 연마했

다. 오빠들을 더 뽀샤시하게 만들기 위해서이기도 했지만 웹상으로서의 입지를 다지기 위해서이기도 했다. 내가 올린 배너에 달리는 댓글들(시아준수 너무 이쁘게 해 주셨네요ㅠㅠ)이 오빠들을 향한 내 사랑을 증명해 줬고 그건 곧 '나'라는 존재에 대한 증명이었다. 포토샵을 가르쳐 주는 유튜브 영상은 없던 시절이지만 블로거들이 올린 무료 스탬프(하트 모양, 별 모양 등을 찍을 수 있는 포토샵 기능)를 가득 저장한 날은 배부른 기분으로 잠들었다.

스무 살.

나의 두 번째 종교는 일본의 대중문화였다. 첫 수능을 폭망한 나는 어느 학교의 보건학과에 입학했다. 돌이켜 보면 '보건교사 오지윤'이 될 기회였으나, 당시 나는 "문과가 아니면 죽음을 달라"며 '문송(문과라서 죄송하다는 뜻의 줄임말)'한 줄 모르고 나대던 선비였다.

그리고 그 선비는 현실을 잊기 위해 요시모토 바나나와 만나기 시작했다. 일본 소설이란 '비현실적인 현실' 그 자체였다. 여장 남자, 텔레파시 등의 소재가 한데 엉켜 있는데도 위화감이 없는 세계. 이게 가능하다니. 나는 일본 소설을 읽기 시작한 지 한 달도 되지 않아 YBM 어학원 일본어 수업에 등록하게 됐다. '일덕(일본 드라마 덕후)'이란 증상은 0기도 1기도 없이, 바로 말기로 가는 치명적인 질병 같았다.

이어서 나는 일본 아이돌 '아라시'를 사랑했고 수많은 일본 드라마를 보느라 밤을 새워야 했다. 일본으로 여행 간 친구가 사다 준 '야마삐'의 화보집을 독서실에 앉아 몰래 훔쳐보며 두 번째 수능을 준비했다. 수능을 보러 가던 추운 새벽에도 나는 아라시의 노래를 들으며 교문으로 들어섰고 새로운 대학에 가서도 1년 넘게 일본어 수업을 들었다. 그때 내가 일덕으로서 폭발시킨 사랑이란 맹렬하고 집요했다.

그러고는? 없었다.

가만히 있어도 인생에 주기적으로 찾아와 활력을 주는 줄 알았던 맹목적인 사랑은 더 이상 찾아오지 않았다. 어른이 되자, 음악이든 영화든 한 가지를 추종하는 것보다 다양하게 섭렵하는 것이 좋아졌고 한 가지만 파고들기에 세상에는 매력적인 게 너무 많다는 걸 알게 됐다. 그리고 무엇보다, 생각이 너무 많아져 버렸다.

우쿨렐레도 방탄소년단도 현대 무용도 모두 깊이 사랑하지 못하고 끝이 났다. 뜨거운 사랑이 될 뻔했던 우쿨렐레와는 써먹을 데가 없다는 이유로 헤어졌고, 현대 무용은 몸이 뜻대로 따라 주지 않아서 헤어졌다. 여기저기 기웃거렸으나, 그 시뻘건 색의 사랑은 좀처럼 찾아오지 않았다.

그렇다면 글을 쓰는 일은 어떤가. 나는 '쓰는 행위'를 맹목적으로 사랑하지는 않는다. 내가 쓴 글이 아이돌 가수처럼 노래를 불러 주거나 윙크를 날려 주지는 않았다. 오직 내 힘으로 북 치고 장구 치며 유지해야 하는 고난도 사랑. 하지만 당위적으로 의심 없이 하는 사랑임은 분명하다.

나는 이 사랑을 동방신기, 일본어, 우쿨렐레, 방탄소년단, 현대 무용을 따라 저승길로 보내고 싶진 않다. 그래서 나는 글쓰기를 내 손목과 몇 겹의 수갑으로 연결해 놓기로 한다. 매주 에세이 레터를 쓰는 것도 이 책 작업도 그 수갑 중 하나다. 결혼한 부부가 평생 의리를 지키기 위해 별의별 노력을 해야 하듯이 나도 글쓰기와 평생 가기 위해 제도를 마련해야 한다. 이 사랑은 어렵지만, 귀해서 지켜야 하니까. 호르몬이 주도하는 사랑은 오래가지 않고 나는 너무 게으르니까. 영원한 사랑이 없다는 걸 알았으니, 지속 가능한 사랑을 설계해 가겠다.

무언가를 진짜로 하고 싶은 마음은 귀하다. 절대 쉽게 오지 않는다. 어느 날 문득 그 마음이 '오신'다면 정말 잘해 드리자. 주변에서 미쳤냐고, 무슨 바람이 들었냐고 뭐라 해도 개의치 말 것. 일상이 순식간에 풍요로워질 수 있는 절호의 충동을 모르고 지나치지 않기를. 기민하게 알아차리기를.

손오공의 마음으로

○

'열거하는 일은 줄줄이 나열하는 일.

열거를 하려면 일단 재료를 모아야 하고 계속 모으려면

인내심이 필요해.'

서점에 갔다가 샛노란 배경에 화초 사진이 박힌 사진집을 만났다. 생명력 넘치는 표지와 다르게 안에는 흑백 사진이 가득하다. 그것도 병원에서 죽어 가는 환자들의 사진이다. 뼈가 다 드러날 만큼 앙상한 할머니가 있고, 그다음 장에는 가족들과 함께 병상 위에서 웃고 있는 아저씨가 있다. 생명도 흔하고 죽음도 흔하다. 그런데 그 별것 아닌 것들을 한데 모아 놓으니 별것이 돼 있다.《Unfinished life》라는 제목의 사진집을 다 보고 나는 싱숭생숭해졌다. 싱숭생숭, 그것만으로도 좋다.

'열거'에 대해 생각한다. 집요하게 관찰해 온 것들을 시간순으로 열거하면 서사가 된다. 눈에 보이는 것들을 꼼꼼히 열거하면 묘사가 된다. 그렇게 세상 모든 작품의 뼈대에는 열거가 있다. 하나의 표본만으로는 매가리 없던 주장도, 집단이 되면 거부할 수 없는 힘이 생긴다. 이야기들이 서로의 손을 단단히 잡고 당신의 마음으로 발맞춰 걸어 들어간다. 마음이 흔들릴 수밖에.

작가는 개별적인 것들의 거대한 연대를 중개하는 일을 한다고 생각한다. 한 명 한 명의 고유한 목소리와 사연을 모아서 더 높은 의미 단위로 가공하는 일이다. 수집과 나열은 결국 연대의 마음이다. 물리적으로 한 장소에 모여 줄지어 연설하고 증언하는 것과 같은 효과로, 한 명 한 명의 컷을 이어 붙이고 '책'이라는 공간에, 혹은 '영상'이라는 세계에 모여 한목소리를 내게 해 주는 것이 작가의 일이라고 믿는다.

손주들을 모아 놓고 일평생 수집한 우표를 한 장 한 장 꺼내 놓는 할아버지가 있다. 할아버지의 볼이 발갛다. 한쪽 볼은 우표에 대한 사랑으로 발갛고 다른 한쪽은 손주들의 반응을 기대하는 마음으로 발갛다. 그 할아버지의 마음이 서사를 완성하는 소설가의 마음이고 10년의 취재도 마다하지 않는 다큐멘터리 감독의 마음이다.

세상의 모든 작가들은 드래곤볼을 악착같이 모으는 손

오공을 닮았다. 작가들은 두 호주머니에 가득 담아 온 드래곤볼을 책상 위에 와르르 쏟아 놓고 마음 졸이며 밤새 바느질을 한다. 밤사이 완성된 작품을 보면, 그간의 고생이 보여 싱숭생숭해진다. '싱숭생숭'이란 마음이 움직여 어수선해지는 것이다. '감동했습니다'라는 하나의 문장으로 정의하기엔 복잡한 감정일 때, 우리는 싱숭생숭하다고 말한다.

벌것 아닌 것들이 모여 별것이 된다. 나는 그렇게 믿는다. 그래서 계속 글을 쓰고 사진을 찍는다. 드래곤볼을 모으는 손오공처럼 살겠다고 다짐하며 가끔은 임신한 친구들의 사진을 찍는다. 여성이라는 존재, 임신이라는 현상. 줄줄이 모아서 보면 더 큰 의미 덩어리가 되겠지. 적어도 '싱숭생숭'하겠지.

열거는 사랑의 기술이다. 사랑해야 오랜 시간 찾고 모으고 기다릴 수 있다. 사랑이 많은 사람이여, 계속 모아 나가자. 세상 모든 손오공들이 가난에 허덕이지 않았으면 좋겠다. 그 손오공들이 찾아낸 별것도 아닌 드래곤볼 역시 모두 행복했으면 좋겠다.

너의 알고리즘을 파괴하러 온 구원자

○

　건강을 중시하는 그는 "내가 먹은 것이 곧 나다"라고 말하고, 쇼핑을 좋아하는 나는 "내가 사는 것이 곧 나다"라고 말한다. 재택근무의 시대에는 '집에서 나오는 쓰레기가 곧 나'라고 말할 수도 있겠다. 비염, 천식에 시달리는 나는 휴지 뭉치를 유독 많이 배출한다. 고양이 똥, 택배 상자, 밀 키트 비닐, 유통기한이 지나 버린 채소도 나를 대변하는 쓰레기 중 하나다. 나라는 인간은 식단과 영수증과 쓰레기로 풀이되는 단순한 존재다.

　요즘 '나 설명서'에 새로운 챕터가 추가됐는데, 바로 알고리즘이다. 집에 놀러 온 친구가 내가 로그인해 둔 유튜브 메인 화면을 구경하는데 왠지 부끄럽고 불길하다. 죄를 지은 것도 없는데 없는 치부도 드러날 각이다. 연예인 브이로그를 관음하다가 범죄 영상을 탐닉하고, '매불쇼'와 '침튜브'를 보며 얕은 지식을 얻는 사람이란 게 부끄러운 일은 아닌데. 밖에서 아는 체하는 많은 것들이 고작 이런 짧은 영상을 침 흘리며 보다가 얻은 거라는 걸 친구가 알아 버리지 않을까. 나의 유튜브 재생 목록이 '나'를 덜

컥 대변하고 있는 모습이 꼴 보기 싫다. 나는 그 와중에도 자주 보는 범죄물을 따라하며 상황극을 시작한다.

"너, 나에 대해 너무 많은 걸 알아 버렸어. 사라져 줘야 겠어."

알고리즘은 무섭다. 범죄와 사건 관련 영상을 자주 보다 보니, 어느새 내 알고리즘은 살인과 음모론과 부정부패로 얼룩져 있다. 그 알고리즘에 파묻힌 나는 오늘 내가 사는 곳에 무슨 일이 일어나는지는 모르고 역사 속 사건들에 환장하고 있다. 알고리즘은 내가 하고 싶은 걸 다 하게 내버려 두는 부모 같다. 내가 먹고 싶고 잘 먹는 것만 계속 주면서, 나를 살찌우는 부모다. 그렇게 전 세계 모든 인구가 알고리즘이 먹여 주는 '취향'을 먹으며 고립된 각자의 세상에 살아가고 있다. 헨젤과 그레텔의 마녀처럼, 맛있는 과자만 먹고 살찐 나를 잡아먹으려는 건 아닐까.

며칠 전 우리 가족은 하룻밤 한옥에서 잠을 잤다. 고즈넉한 한옥에서 깬 우리는 아침부터 각자 유튜브에 접속했다. 아빠는 자신의 알고리즘 최애 1호 방송을 틀었다. 보수적인 걸로 유명한 정치 채널이었다. 우리는 같은 공간에 있었지만 아빠의 세계는 나의 세계와 전혀 교차하지 못한 채 동떨어져 있었다. 아빠의 알고리즘은 온갖 보수적인 목소리를 추천하며 나름의 방식으로 아빠를 길들이고 있을 것이다.

얼마 전 한 대학생과 대화할 일이 있었다. 어쩌다 알고리즘 이야기가 나왔는데, 그녀는 알고리즘에 지배되지 않기 위해 알고리즘에 역으로 '먹이'를 준다고 했다. 하루에 한 번씩 아예 맥락 없는 단어를 검색한다는 거다. 예를 들면 사슴, 눈동자, 게으름, 구름 같은 단어들. 연예인의 이름도 정치인의 이름도 예능 프로그램도 음식 이름도 아닌, 느닷없는 보통 명사들. 그렇게 자꾸 이상한 단어를 입력해야 알고리즘이 파괴된다는 것이다.

'아, 이것이 나이 차이구나.' 나보다 열 살 넘게 어린 그녀가 또박또박 설명하는 '알고리즘 파괴 방법'을 들으며 나는 우리나라의 미래가 밝다고 느꼈다. 게다가 그녀의 알고리즘 파괴는 단순히 파괴로 끝나는 것이 아니었다. '사슴'을 검색해서 나오는 영상을 보다 보면 생각지도 못했던 훌륭한 이야기를 만나기도 한다는 거다.

알고리즘의 기본 원리는 '예상 가능한 흐름'에 있다. 그 알고리즘을 통해 나는 예상 가능한 것을 보고 예상 가능한 취향을 가진 예상 가능한 사람이 된다. 물론 나는 이 글을 쓰면서도 알고리즘이 추천해 준 범죄 예능 중 하나를 틀어 놓고 있지만, 이번 주에는 꼭 다리, 보라색, 가위라는 검색어를 입력할 거라 마음먹는다. 이유는 없다. 이유 없이, 아무 생각 없이 할 일이 생겨 기쁘다. 그 일이 날 더 나은 사람으로 만들어 주리라 생각하면 더 기쁘다.

세상은 넓고 우린 참 달라

연극계에 종사하는 친구와 요즘 즐겨 보는 유튜브 채널에 대해 이야기했다.

"난 요즘 김나영 채널 자주 봐."

"김나영이 누구야?"

"김나영을 모른다고? 김나영 있잖아. 예능만 하다가 패션 쪽에서 일하고 유튜브 하는 김나영!"

나는 당황해서 큰 소리를 내며 김나영의 이미지를 검색했다. 그제야 친구는 "아, 본 적 있는 얼굴이야"라고 말했고 나는 못된 초등학생처럼 "순수 예술을 하니까 연예인을 모르는구나"라는 자질구레하고 품위 없는 말을 내뱉었다.

최근에 이런 경험이 또 있었다. 글 쓰고 책 좀 읽는 사람들에게는 연예인이나 다름없는 인물로 이슬아 작가가 있다. 대한민국 사람이라면 그녀를 다 알고 있는 줄 알았던 나는 동료에게 "이슬아가 누구야?"라는 말을 듣고 "일간 이슬아 몰라?"라며 떨리는 목소리로 말했다. 친구는 난감하다는 듯 눈썹을 팔자로 늘어뜨리며 "처음 들어"라고 했다.

　세상은 참 넓다. 내가 아는 것에 대해 더 깊이 아는 사람보다, 내가 아는 것에 별 관심 없는 사람을 만났을 때 그 진리를 깨닫는다. 그들은 나와 같은 회사를 다니거나 학교를 다니고 있어도 엄밀히 말해 다른 부류다. 그렇다고 그들이 매사에 무관심하거나 개성이 없는 게 아니다. 그들은 내가 모르는 세계에 대해서 더 열정적으로 줄줄이 말할 수 있다. 예를 들어, 연극의 세계나 등산의 세계에 대해(둘 다 나는 관심이 1도 없음).

　내가 당연히 알아야 한다고 생각하는 것 중에 당연한 것은 없다. 인구의 절반이 수도권에 사는 나라, 겨울이 되면 90퍼센트가 검정 패딩을 입는 나라라서 좁은 세상이라고 치부하지만, 이곳도 얼마나 다층적이고 다원적인 세계인지! 당연히 알아야 할 지식도, 스타도, 콘텐츠도 없다. 나 역시 내가 속한 커뮤니티와 내게 보이는 피드가 세상의 전부인 줄 알고 살아가고 있을 뿐이다.

　참 넓은 세상의 한쪽 구석만 맴돌면서 우리는 세상을 종횡무진한다고 생각한다. 모두 그렇다.

얼마 전 나(천식 환자)는 앱스토어에 대뜸 '천식'이라고 검색해 봤다. 세상이 그렇게 넓다면 천식인들의 커뮤니티도 있으려나? 라는 생각이 들었던 거다. 늘 외롭게 네이버 지식인에서 정보를 얻던 나는 꽤 그럴싸한 커뮤니티 앱을 알게 됐다. 마치 지하 30층까지 삐걱거리는 계단을 내려가서, 작은 문 하나를 발견한 기분이었다. 그곳에서는 수많은 천식인들이 매일 자신의 증상을 기록하고 공유하며 서로를 위로하고 있었다.

> 2021. 12. 18
> 네뷸라이저 2회 사용
> 폐 기능 지수 000
> 기침은 없었으나 숨이 찬 증상이 심함.

모두가 볼 수 있는 게시판에 자신의 상태를 꾸준히 기록하라는 커뮤니티의 공지글이 쓰여 있었고, 사람들은 그 조언대로 게시판에 매일매일 자신의 상태를 올리고 있었다. 누군가 '오늘은 좀 나아졌다'고 쓰면 '잘하고 계세요'라는 응원이 달렸다. 누군가 '숨이 너무 차서 과호흡까지 왔어요'라고 하면 '창피해하지 말고 심리 상담도 병행해 보세요'라고 구체적인 조언이 달리기도 했다. 내가 천식에 걸리지 않았으면 몰랐을 새로운 세계가 눈앞에 열리자, 나는 왠지 모르게 흥분됐다. 나와 비슷한 사람들이 모여 서로의 언어를 이해하고 응원을 주고받는 곳이 있다니. '천식 환자'가 아니라 신비로운 '천식 요정'이 된 기분이랄까.

천식 환자 주제에 뭐가 그렇게 기쁘냐고 말할 수도 있겠지만 그 우울함을 함께할 사람들이 모여 있는 마을을 찾아낸 기분은 꽤나 감동적이다. 이렇게 나에게는 또 새로운 커뮤니티가 생겼다. 내가 지금까지 소속된 수많은 커뮤니티 중 가장 소규모다. 보통은 좀처럼 관심 없는 것들에 대해 대화할 사람이 생겼다는 게 커뮤니티의 가장 큰 기쁨이다.

내 곁의 사람들이 김나영과 이슬아를 모르고 천식에 무지해도 서운하지 않다. 우리는 꼭 같은 곳을 보지 않아도 괜찮다. "그것도 몰라?"라고 말하는 사람을 보거든 "취향 우월주의자세요?"라고 되물어 주는 것도 방법이다.

생각의 납골당에서

○

여기저기 저장해 온 나의 생각들은 다 어디로 갔을까. 12년 전 오늘 페이스북에 써 둔 다짐과, 첫 남자 친구와 버디버디에서 나눈 대화들. 오래된 문장들의 납골당에는 아무도 찾아오지 않는다. 유난히 잠이 오지 않는 밤, 내가 국화꽃 한 송이조차 없이 찾아가서 '가여운 생각들아, 너희에게 미안하다. 너희 볼 면목이 없다. 나는 이런 어른이 됐다'라고 속삭일 뿐이다.

에세이 레터를 보내고 나면 구독자들이 몇 시에 메일을 열어 보는지 통계를 볼 수 있다. 그들은 오전 아홉 시~열 시 사이에 주로 메일을 확인한다. 그래프는 잠잠해졌다가 저녁에 다시 올라간다. 이 글의 수명은 약 반나절이구나. 반나절 동안 누군가의 출근길과 근무 시간과 퇴근길에 기생하다가 나의 글은 짧은 생을 마친다. 그리고 운 좋으면 착한 이들의 마음에서 종종, 불현듯 떠오를 것이다. 그것도 목숨이 붙어 있다고 말해야 할지 모르겠다.

메일함을 정리하다가 10년 전까지 거슬러 올라갔다. 티도 안 나게 평범한 제목 때문에 자칫하면 소중한 메일을 지워 버릴 뻔했다. '봐라.'라는 제목. 마침표까지 찍을 필요가 있었을까. 대학에 가는 나에게 아빠가 쓴 메일에는 길고 지루하지만 무시할 수 없는 아름다움이 있었다. 엄마와 내가 격하게 싸운 날에도 아빠는 내게 고리타분하지만 간절한 문장들을 보내 왔다. 다행히 이 포털 사이트는 지금 대기업이 돼 멸종 위기의 문장들도 굳건히 보존되고 있다.

만약 인터넷 세계가 모두 증발한다면, 우리의 문장과 생각은 어디에 있을까. 좋은 말도 나쁜 말도 사람들의 마음속에 깊이 묻혀서, 어느 무덤에는 잔디조차 나지 않고 어느 무덤에는 꽃이 피고 동물들도 모일 것인데. 내가 열심히 기록해 둔 기억과 사랑과 미움은 장례라도 치를 수 있을 것인가.

오늘도 나는 아이폰의 부축을 받아 '4년 전 오늘'이라고 뜬 기억을 끄집어낸다. 영화 〈인사이드 아웃〉의 빙봉처럼 죽기 직전이었던 기억들이 지푸라기를 잡고 기어 올라온다. 내가 먹은 탄수화물과 비타민과 단백질이 언제 어디서 어떻게 쓰였는지 나는 알 수 없듯이, 내가 어디에 저

장해 놨는지도 모르는 문장들과 생각도 내 몸 어딘가에
남아, 내가 어떤 선택을 하고, 어떤 사람을 만나게 하겠지.
잠이 오지 않는 밤에는 인터넷에 떠도는 서로의 기록을
찾아다니며 서로의 과거에 묵념하고 잠에 들자.

참조인

○

　나는 '그앓이'다. 그앓이는 '그것이 알고 싶다' 덕후를
뜻하는 애칭이다. 그것이 알고 싶다에 등장하는 모든 사
건이 분노를 일으키지만, 그중 가장 괴로운 건 '목격자'가
없는 사건이다. 그 순간 그 자리에 목격자가 있었다는 것
만으로도 피해자는 계속 호소할 힘을 얻었을 테다.

　처음 사회생활을 시작했을 때 어려웠던 것 중 하나는
메일 쓰기였다. 그중에서도 참조라는 칸은 늘 흥미로웠
다. 일을 시작하기 전까지는 '참조' 항목을 채울 이유가 없
었다. '보내는 사람'이 메일을 보내고 '받는 사람'이 메일
을 받으면 그뿐 아닌가. 왜 이런 애매모호한 자리가 있는
지 이해가 가지 않았다. 어떤 의도로 누구를 이 칸에 넣어
야 하는지 신입 사원 때는 감이 없었기 때문에 대체로 팀
장, 상사처럼 함께 일하는 동료들을 참조 칸에 넣었다. 별
다른 목적은 없었다. 다들 그렇게 하니까.
　그러나 불과 몇 번의 사건 만에 나는 이 '참조'라는 단
어를 달리 보기 시작했다.

1. 나는 분명 메일을 썼는데 상대 팀이 나 몰라라 발 빼
   는 경우.
2. 나는 정중하게 커뮤니케이션했는데 상대방이 예의를
   밥 말아 드신 경우.
3. 같이 일하는 동료가 남의 일처럼 쌩까는 경우.

크게 세 가지 맥락에서 나는 참조의 의미를 깨우치게
됐다. 대체 왜 저러는 걸까? '그것이 알고 싶은' 사건은 회
사에서도 자주 발생했다. 자존심과 존재감의 살점이 낭자
한 현장에서 나는 피해자일 수도 가해자일 수도 있다. 그
리고 이 모든 사건에는 참조인이 존재한다. 이 사건을 둘
러싼 직간접적인 모든 관계자를 뜻한다. 그들은 재판에서
아주 중요한 증인이 되기도 하고 결정적인 배신자가 되기
도 한다.

나는 이제 참조인을 아주 경건한 마음으로 적는다. '메
일'이라는 사건 현장에서 나의 목격자가 돼 줄 사람. 최악
의 경우 나의 변호인이 돼 줄 사람을 소환하는 심정으로
적는다. '나의 팀장이 보고 있으니, 너 말 똑바로 해라'라
는 말을 속으로 되뇐다. 물론 팀장이 훗날 나를 변호해 줄

만큼 능력 있는 사람이 아닐 수도 있고 모른 척할 확률이 더 높다. 그래도 참조인들이 둘러싼 그라운드 위로 올라가 커뮤니케이션하는 것이 마음이 편하다. 다른 사람들이 보고 있으니 상대방이 예의 있는 척이라도 하길 바라면서 나는 당당히 메일을 쓴다.

하루에도 수십 통의 메일이 오가는 날이 있다. 내가 보낸 메일에 상대방이 열 명의 참조인을 추가해서 답장을 보내 오기도 한다. 이 업무에 있어 연대 책임이 있는 사람들이 메일 한 통, 한 통마다 참조인으로 질질 끌려온다. 때로는 내가 이렇게 많이 일하고 있다는 걸 알리기 위해 참조를 건다. 당신이 자는 동안에도 나는 일하고 있다고 가끔은 알려야 한다. 오른손이 한 일을 왼손이 몰라야 하는 일은 세상에 없다. 왼손이 고생하는 걸 오른손도 알아야 한다.

우리가 어느 회사에서 어떤 일을 얼마나 대단하게 하든지 그 일은 결국 수백 통의 메일로 완성된다. 전달하고 논의하고 다시 전달하고 결정하고 다시 전달해서 검토받는 일. 한 땀 한 땀 기운 메일이 모여 서비스가 되고 캠페

인이 되고 축제가 되고 책이 된다. 우리는 모두 메일 수공업자다. 나는 그에게 그는 나에게 따스한 참조인이 돼 줬으면.

펑크족의 신념

쾅 하고 유리창에 무언가 부딪혔다. 바리스타는 뒤돌아서 유리창을 확인했다. 내 옆에 앉아 집중해서 책을 읽던 경선 언니도 놀라서 고개를 들었다. 아무도 없었다.

"매미였어. 매미가 유리에 부딪혀 떨어졌어."

모든 상황을 목격한 내가 말했다. 매미 한 마리가 배를 보이고 누워 몸부림치다가 겨우겨우 몸을 뒤집었다.

'아, 잘했다 매미야. 하마터면 너가 배를 내민 채 죽어가는 모습을 실시간으로 지켜볼 뻔했잖니.'

그러나 매미는 날아가지 못했다.

"죽을 때가 된 매미인가 봐."

올여름은 유난히 빨리 지나가고 있었다. 창밖에서 늦여름의 선선한 저녁 바람을 쐬고 있을 매미가 처연하게 느껴졌다. 8월 말의 저녁이 벌써 선선하다. 그렇다는 건 저 매미도 곧 여름과 함께 흙으로 돌아간다는 거겠지. 불쌍하다. '너, 짝짓기는 한번 해 봤니? 짝짓기는 해 보고 죽어야 할 텐데.'

"내 전 남친이 그랬는데, 매미가 진짜 펑크족이래."

경선 언니가 말했다. 사실 나도 비슷한 생각을 한 적이 있었다. 시내 대로변에서 크게 울어대는 매미 소리를 들으며 친구와 농담을 주고받았었다.

"쟤네 꼭 '한 번만 하자! 나랑 한 번만 하자!'라고 외치는 것 같지 않아?"

우리는 매미의 삶이 부럽다고 말했다. 뜨거운 여름에 태어나 몇 주간 짧고 강렬한 쾌락을 좇다 가는 삶. 경선 언니 말대로 세상 제일의 펑크족이라 할 만하다.

오직 번식을 위해 태어나는 삶은 인간의 입장에서 볼 때 참 단순하다. 오늘은 뭘 먹을지, 내일은 뭘 입을지부터 어떤 직업을 선택하고 자녀의 교육을 어떻게 할지까지. 고민할 거리만 길게는 백 년 치인 인간에게 매미의 삶은 심플해 보인다. 당신의 동생이 매미처럼 산다고 생각해 봐라. 오직 누군가와 잠자리를 가질 궁리만 하는 동생이 있다면 '그렇게 살지 마 새끼야'라고 말해 주겠지. 그런 동생들 수만 명이 자동차 소리보다도 큰 소리로 '나랑 한 번만 하자!'고 외친다면 와, 이건 6.8혁명도 못 따라올 거다.

그러다 매미에 대한 다큐멘터리를 보게 됐는데 그만 눈

물이 나고 말았다. 매미들은 나무에서 태어나자마자 스스로 추락해 땅속으로 들어간다. 그곳에서 7년 동안 몸집을 키우다가 아주 조심스럽게 세상 밖으로 나온다. 7년 만에 처음 빛을 보는 순간, 그마저도 대부분은 천적을 피하지 못하고 죽임을 당한다고 한다. 살아남은 놈들만이 나무 위로 올라가 날개를 틔우고 비로소 어른이 될 수 있다. 그리고 2주 동안 다음 세대를 만들기 위해 울고, 울고 또 우는 거다. 암컷은 울 수도 없다. 소리를 만들어 내는 기관이 있을 자리에 산란관을 가지고 있기 때문에, 7년을 기다려서 한 번 울지도 못하고 그저 알을 낳고 죽는다. 존재를 계속 존재하게 하기 위해.

매미를 처연하게 여겼던 것은 오만이었다. 고귀하고 아름답다. 사랑을 위해, 다음 세대를 위해 어둠 속에서 기다린다니! 매미들은 왜 사는지, 무엇을 위해 사는지 알고 있다. 인간처럼 세상에 던져진 존재가 아니다. 종족을 계속 존재하게 하기 위해 태어나고, 다음 세대를 위해 세상을 떠난다. 세상에 온 이유를 명확히 알기에 고민할 필요도 두려워할 필요도 없다. 이것은 신념이다! 명확한 신념을 위해 목숨을 바치기도 하는 보기 드문 위인들처럼, 매미들도 7년의 암흑기를 보내고 신념의 실현과 함께 흙으로 돌아간다.

사랑이라는 신념을 위해 태어나고 죽는 삶. 후회 없는 삶이다. 유리창에 부딪혀 힘을 잃어가던 그 매미도 아마 담담한 마음이었겠지. '이제 죽어도 여한이 없어. 나는 내 꿈을 이뤘으니까.' 그런 생각을 하면서, 카페에 앉아 있는 인간들을 제 생의 마지막 풍경으로 바라보고 있었을 것이다.

나는 나의 노래방 18번인 심수봉의 〈백만송이 장미〉를 떠올린다. 아낌없이 아낌없이 사랑을 하러 세상에 왔다가는 매미들. 딱히 인류를 위해 무언가를 하고 있지도 않고, 뜨겁게 사랑할 애인도 없는 나는 매미들 앞에서 한없이 작아진다. 나도 내 삶이 끝나는 그날, 아름다운 별나라로 갈 수 있을까.

피크닉 토론의 결말

○

피크닉을 갔다. 커다란 나무 밑에서는 작은 남매가 비
눗방울을 불고 있었고 어느 젊은 부부는 텐트 안에서 책
을 읽고 있었다. 짝꿍도 아이도 없는 나와 친구들은 평화
로운 대자연 속에서 '반려자의 조건'에 대한 열띤 토론을
벌였다.

토론의 첫 화두는 보험이었다. 10년 전만 해도 애인의
외모와 옷차림으로 언성을 높이던 우리는 어쩌다 '상대의
보험 가입 여부'에 대해 토론하게 됐을까. 영하 20도에 발
목 양말을 신는 사람은 섬세하지 못할 거라 넘겨짚고, 소
셜 미디어 아이디가 없으면 믿음직한 사람일 거라 호감
점수를 줬던 우리가.

"실비 보험 없는 사람은 왠지 호감이 안 가."

"왜? 너무 건강해서 실비가 없는 걸 수도 있잖아!"

"그건 너무 오만한 것 같아. 미래에 대해 대비하지 않
는 사람인 거지. 난 암 보험도 있는걸."

"나도 암 보험 들어야 하는데."

'실비 있음'과 '실비 없음'이 풍기는 인상에 대해 매우

주관적인 의견을 주고받은 결과, 우리는 실비에 가입된 사람에 더 호감이 간다는 결론을 도출했다. 여기서 잠시 짚고 넘어갈 것은 우리 셋이 결코 현실적이고 계산적인 인간들은 아니라는 것이다.

"실비가 없는 사람은 너무 낙천적인 사람이야. 뜻밖의 불행을 겪어 본 사람이 준비도 할 줄 아는 것 같아. '그늘이 있는 사람'을 사랑하라고 정호승 시인이 말했잖아."

갑자기 정호승 시인이 튀어나올 만큼, 현실과 낭만을 오가느라 대화가 썩 매끄럽지는 않았다. 분명한 것은 낭만주의자이자 자칭 금융 바보들인 우리가 이제는 '보험 가입 상태'로 누군가의 인생관을 가늠하고 있다는 거다.

> 피크닉 토론 결과 1.
> 실비 보험이 있는 반려자가 바람직함. 실비가 있다는 것은 누구에게나 닥치는 불행, 즉 인생이 가진 불편한 진실에 대한 이해도가 높다는 것을 뜻함. 불행에 대한 재정적 대처의 중요성을 인정하며, 인생에 필요한 최소한의 현실 감각을 가진 사람일 가능성이 높음.

"건강 검진도 제때 하는 사람이면 좋겠어."

'보험'에 대한 토론을 마치자마자 친구는 '건강 검진'이라는 화두를 던졌다. '건강 검진을 제때 하는 사람'이란 무엇을 의미하는 걸까.

몸에 생긴 아주 작은 변화가 인생에 불러오는 파급 효과는 작지 않다. 그 무시무시한 인생의 진실을 깨달은 인간인지를 '건강 검진'에 대한 태도로부터 이해할 수 있다. 불행을 막을 수 있는 인산은 있다. 다만, 불행을 빨리 발견하고 최소화하려고 노력할 수는 있다. 잔디밭에서 아이스 아메리카노를 마시며 우리는 그렇게 '건강 검진'의 상징성을 발견했다.

"30대 중반인데 위 내시경을 한 번도 안 해 본 사람도 많더라."

"와, 어떻게 그럴 수 있어?"

'30대 중반인데 위 내시경을 안 해 봤음'이 누군가의 호감도를 떨어뜨릴 수 있다니? 다윈의 자연 선택설이 떠올랐다. 결국 스스로의 위장을 돌보지 않는 자는 생존하지 못하고 배제되고 마는 것인가! 그것이 '위통 약은 내 생활 필수품(다이나믹 듀오의 〈고백〉 중에서)'을 떼창하며 자란 30대의 '자연 선택' 기준인 것인가!

> 피크닉 토론 결과 2.
>
> 건강 검진을 제때 하는 반려자가 바람직함. 인생에 닥쳐
> 올 시련에 대한 파급을 최소화하려는 현실적 노력을 하
> 는 사람일 가능성이 높음. 스스로 자기 관리를 해 가족
> 에게 책임이 분산되지 않도록 노력하는 사람이며 건강
> 이 가장 중요하다는 인생의 진리를 깨달은 성숙한 사람
> 일 확률이 높음.

피크닉 토론 결과, 위 두 가지 항목은 반려자를 결정하
는 데 있어 매우 중요한 의미를 띠고 있음이 확인됐다. 우
리는 왜 아직 싱글인가에 대한 질문은 서로에 대한 토론
예절을 갖추기 위해 생략했다.

멀리서 노부부가 아주 작은 푸들과 산책을 하고 있었는
데 푸들은 목줄을 하지 않고도 부부 옆을 나란히 걸었다.
몽글몽글한 풍경을 만들어 내는 동네 주민들 사이에서 이
렇게 건설적이고 치열한 토론을 하는 것은 우리뿐이었다.

오리너구리과 科 오리너구리

오리너구리에 대해 생각해 본 적 있는지? 오리너구리 하면 포켓몬스터의 고라파덕부터 떠오른다. 입에는 오리처럼 부리가 달려 있지만 볼록한 배와 넓적한 꼬리가 너구리를 닮았다. 하지만 전체적인 느낌은 오히려 수달에 가까워 보인다.

그렇다면 오리너구리의 족보를 거슬러 올라가면 그 끝에는 오리가 있을까, 너구리가 있을까? 그들은 대체 어디서부터 파생돼 온 걸까. 지구가 시작되던 밤, 오리와 너구리의 뜨거운 사랑에서 탄생한 거라면 오리와 너구리 모두 대등한 조상님이라 할 수 있다.

"아무래도 오리너구리의 조상은 오리겠지. 포유류한테 갑자기 부리가 생기는 건 이상해. 너구리는 애초에 물로 들어가지도 않잖아. 조류과 동물이 물과 육지를 오가다가, 육지에 유리하게 진화했겠지."

"그런데 '오리너구리'라는 단어를 생각해 봐. 합성어잖아. 근데 보통 본질적인 말이 끝에 오거든. 예를 들면, 원숭이 중에 '긴팔원숭이' '다람쥐원숭이'가 있잖아. 모두 결국에는 원숭이야. 끝에 붙는 말이 근본적인 소속이자, 정체성을 나타내는 거지."

"오, 그러네?"

우리는 합정역으로 가는 지하철에서 그렇게 오리너구리에 대해 이야기했다. 나는 '합성어 이론'에 확신하며 백과사전에 '오리너구리'를 검색했다.

"뭐야, 말도 안 돼."

"왜? 뭐라고 나왔는데?"

"오리너구리 말이야. 조상도 오리너구리였어."

"그게 무슨 말이야?"

우리의 예상과 다르게, 오리너구리의 조상은 오리도 너구리도 아닌, 오리너구리였다. 오리너구리는 '갯과'도 '너구리과'도 '오릿과'도 '두더지과'도 '고양이과'도 아닌, '오리너구리과' 소속이었다. 다른 뿌리로부터 파생되지 않은 독립된 뿌리. 동물계의 소수 민족인 거다.

"내가 오리너구리면 억울할 것 같아. 왜 다른 동물 이름을 가져다가 이름을 지었을까."

"그러게, 전혀 몰랐네."

"처음 발견됐을 때는 '신비 동물학'에 속했대. 학자들도 오리너구리가 조작된 사진이라고 생각했나 봐."

그들이 처음 발견됐을 때, 학자들은 누군가 장난쳐 놓은 거라고 믿고 부리를 몸통에서 분리하려고 했다고 한다. 사실, 오리너구리의 '부리'는 새의 부리처럼 딱딱한 것이 아니라 얼굴의 일부여서 말랑말랑하단다. 애초부터 그에게 부리는 있지도 않았고 '오리'라고 불릴 이유도 없었던 거다.

그날 밤 집으로 가는 길, 지하철에 앉은 사람들이 모두 오리너구리로 보였다. 학생, 직장인, 아줌마, 아저씨. 누군가에 의해 한 단어로 쉽게 정의되는 사람들. 사실 다들 딱 잘라 말하기 힘든 존재들인데 말이다.

밤이 되어 침대에 누웠는데 열두 시가 넘은 새벽에 갑자기 초인종이 울렸다. 외시경으로 밖을 보니, 오리너구리가 서 있었다. 만화에서 보던 것처럼 직립을 하고 있었는데, 귀엽기보다는 공포감이 밀려 왔다. 내 허리춤까지 오는 작은 덩치를 보니 싸우면 내가 충분히 이길 수 있겠다는 생각에 문을 활짝 열어 줬다.

오리너구리는 내 손을 잡고 나를 어디론가 끌고 갔다. 부드러운 털끝에 달린 물갈퀴에서 신비로운 감각이 느껴졌다. 털에 물기가 없는 거 보니, 물 밖으로 나와 꽤 헤맨 것처럼 보였다.

정신없이 걷다 보니 인왕산 밑 어느 개울가에 다다랐다. 그곳에는 수십 마리의 오리너구리들이 원을 그리며 모여 있었고 원 중앙에는 석상이 있었다. 석상 위에는 '오리너구리'라는 합성어가 온몸을 배배 꼬며 고통스러워하고 있었다. 대체 언제부터 그 자리에 묶여 있던 건지 추측조차 할 수가 없었다.

어느새 하늘이 조금씩 밝아 오고, 나를 데려온 오리너구리가 조심스러운 걸음으로 가운데로 나섰다. 그는 나와 눈이 마주쳤다. 그리고는 보란 듯이 석상에 다가가 합성어의 허리를 단숨에 꺾었다. 그 순간 페트병이 찌그러지는 듯한 소리가 난 걸로 기억한다. 예상외로 아무 비명도 나지 않았다.

글쓰기 모임에 대한 글쓰기

○

격주 토요일마다 글쓰기 모임을 이끌었다. 어떤 옷을 입고 가서 어떤 목소리로 말해야 할까. 내 프로필 혹은 커리큘럼에 돈을 낸 어른들이 나를 기다리고 있었는데 그들이 '어른들'이라는 점이 긴장됐다. 다 큰 어른들에게 "오늘은 좋아하는 색에 대한 글을 쓸게요"라거나 "그리움 하면 뭐가 떠오르세요?"라고 말하고 "자, 이제 사십 분 동안 글을 쓸게요"라고 제안하는 일이 민망할까 걱정됐다. 나는 그들에게 잘 보이고 싶었다. 소처럼 일해서 번 돈을, 그 피 같은 돈을 '글쓰기'라는 행위를 위해 기꺼이 내는 어른들은 숭고하니까.

그들이 숨어 있는 고수일지, 아니면 정말 글쓰기를 배우고 언젠가 책까지 내고 싶어 하는 사람일지, 아님 새로운 사람을 사귀고 술 한잔하는 게 목적인 사람일지 몰랐다. 아무튼 그들에게 잘 보이고 싶었다. '어른'이라는 게 별 볼 일 없다는 걸 '나'를 통해 잘 알고 있지만, 새로운 어른을 만날 때는 늘 긴장이 된다. 분명 나보다는 괜찮은 어른일 것이란 희망 때문이다. 그들이 내가 제안하는 주제를 유치하게 여기거나 글쓰기가 생각보다 무용하고 쓸쓸한 행위라는 것을 너무 빨리 눈치챌까 봐 한마디 한마디가 조심스러웠다.

첫 모임 날, 한 멤버는 스스로 쓴 글을 낭독하다 눈물을 보였다. 아주 순간적으로 '놀라지도 위로하지도 말아야지'라는 생각이 들었고 그 생각 덕분에 나는 정말 놀라지도 위로하지도 않을 수 있었다. 몇 가지 질문을 더 건네고 담담한 답변을 받았다. 이 모임의 쓸모가 저 눈물 한 방울로 증명되는 것 같아서 내심 다행이란 생각을 했다. 어떤 이들은 글을 정말 잘 썼고 어떤 이들은 딱 봐도 글 쓰는 것을 힘들어했다. 글쓰기를 힘들어하는 사람 중 오히려 표정은 가벼워 보이는 이도 있었는데, 자기는 '글쓰기랑 안 맞는 사람'이라는 걸 깨달은 것 같았다. 그는 그다음 시간부터 얼굴 보기가 어려웠다. 오답이 오답이라는 걸 알아차린 사람의 뒷모습은 그렇게 유쾌할 수가 없다.

그들은 대학교 교직원이었고, 건설 현장 안전 관리원이었고, 컨설턴트였고, 카피라이터였고, 디자이너였고, 교사였고, 배우였고, 바이오 회사 직원이었다. 건설 현장 안

전 관리원인 멤버의 글은 어린아이의 글처럼 솔직하고 군더더기 없었으며, 내가 듣도 보도 못한 이야기여서 더욱 아름다웠다.

"안전 관리는 특이한 일이다. 일반적인 회사원들은 '비일상적인 것'을 목표로 삼는다. 어떤 프로젝트를 성공적으로 끝내거나, 막대한 금액의 계약을 따내는 것은 일상적인 일이 아니기 때문이다. 하지만 우리는 그 반대로 일한다. 우리에게 있어 비일상적인 일은 사고가 일어나는 것이다. 비일상적인 일로부터 일상을 보호하는 것이 우리의 목표가 된다. 안전 관리에 있어서 최고의 성과는 처음부터 끝까지 무사고로 공사를 끝내는 것이다."

모임원들은 탄성을 내뱉었다. "이런 분이 책을 내면 좋겠어요"라고 모두가 말했다. 아직 세상에 드러나지 않은 이야기. 그런가 하면 나는 얼마나 동어 반복적인 글을 쓰는 사람인가.

몇 년 전 독일에서 한 달 동안 놀고먹던 팔자 좋은 시절이 있었다. 이방인에게 베를린의 겨울밤은 너무 추웠다. 여덟 시 이후면 몇몇 술집 빼고는 문을 닫고 길은 캄캄해져 버려서 숙소로 돌아가야 했다. 이방인이 아닌 척 걸음은 최대한 태연하게 걸었다. 문을 걸어 잠근 상점들 사이에는 때때로 노란빛이 번지는 공간이 있었다. 음식점일 수도 카페일 수도 누군가의 사무실일 수도 있는 공간에서 사람들이 모여 진지하게 대화를 나누고 있었다. 대머리 아저씨도 있었고 피어싱이 온 얼굴을 덮은 여성도 있었다.

얼마 전 우리 모임에는 마흔다섯 살 자옥이 합류했다. 자옥은 나의 자랑이다. 그녀가 오고부터, 나는 이 모임이 베를린에서 본 노란빛 모임과 다르지 않다는 생각이 든다. 자옥은 사랑스러운 전업주부다. 꿈은 동네 서점을 내는 것. 그녀의 첫째 딸은 서울대에 갔다. 집에서 많은 시간을 보내는 나의 아버지도 언젠가 이런 모임에 나오면 좋겠다고 생각하곤 했다. 첫째를 대학에 보내고 글쓰기 모임에 나온 자옥처럼. 얼굴 여기저기에 피어싱을 한 젊은 여성과 진지하게 토론하던 베를린의 대머리 아저씨처럼.

하루는 모두가 같은 노래 가사로 시작하는 글을 쓰기로 했다. 브로콜리너마저의 〈잊어버리고 싶어요〉의 첫 소절, '잊혀지지 않았으면 하는 것들이 바보 같은 일상에 밀려가는 날'이라는 문장으로 글을 시작하기로 했다.

"야근하고 새벽에 집에 가느라 요즘에는 엄마한테 전화를 많이 못 드려요. 그래서 다음날 아침에 전화를 드렸어요. 아침은 먹었어? 라고 엄마가 말하는데, 엄마 목소리를 아침부터 듣는 게 너무 오랜만이어서 눈물이 날 것 같았어요."

선희는 가사를 듣고 엄마를 떠올렸다. 그녀가 나를 보며 엄마에 대해 이야기하는데, 그녀 뒤에 있는 창문에서 분홍색 하늘이 스멀스멀 들어오고 있었다. 이 순간이 오래오래 잊히지 않았으면 좋겠다고 생각했다.

다들 글쓰기의 무용함에 중독돼 가는 것처럼 보였다. 어린 시절 나는 무용한 것에 대해 떠들기 좋아하는 사색가였고, 사회에 나와서는 무용한 것들을 업신여기는 사람이 되기도 했다. 그리고 이곳에서 낯선 이들과 무용한 것에 대해 끝까지, 끝까지 파고든다. 그러다 보면 위로를 받고 만다. 무용함의 쓸모, 글쓰기의 쓸모.

우리는 각자가 쓴 글을 자기만의 목소리로 낭독한다. 나와 너무 닮아서 울고 나와 너무 달라서 운다. 나를 가장 많이 울린 것은 태훈의 글이었다. 그중 일부를 소개하고 싶다.

"나는 감정 강박을 앓고 있습니다. 잊히지 않았으면 하는 것들이 바보 같은 일상에 밀려가는 날이면 애써 무뎌진 조각의 끝자락을 붙잡아 둡니다. 나는 기억력이 아주 좋은 사람입니다. 대체로 쓸데없는 기억이긴 하지만, 그래서 나는 잊고 싶은 것들조차 쉬이 흘려보내지 못합니다."

"마음의 방을 촘촘히 만들어 뒀어요. 어루만지고 먼지도 털어내며 잘 돌봐 주어야 합니다. 그래야 그 방 속에 기생하는 기억들이 잘 먹고 잘 자라서 어느 날의 내가 될 테니까요."

"꽤나 오래 심리 상담을 받은 적이 있어요. 마음의 방에 대해 털어놨는데, 나는 보통의 것들에게도 너무 많은 마음을 세놓고 있더라고요. 선생님은 그런 걸 '감수성'이라고 했고 또 '강박'이라고도 불렀습니다."

"나는 강아지의 유치가 빠진 날 놀라고 신기해했던 경외의 마음을 기억해요. 엄마에게 따릉이 자전거를 빌리는 방법을 알려 주던 날, 함께 타던 자전거 사이로 불던 친절한 바람을 기억해요."

"나는 습관처럼, 불쑥 찾아온 얇은 행복의 순간을 온몸으로 저장하려고 합니다. 그래서 그게 되지 않는 날에는 스스로를 나쁘다 여기는 게 나라는 사람입니다."

"마음은 온데간데없고 정처 없이 움직이는 몸뚱어리만 남아 있는 날의 끝에는 아껴 두던 엽서에 편지를 씁니다. 받는 사람은 없어요. 나 혼자 쓰고 읽고 듣습니다."

"좋아했던 사람을, 사랑했던 순간을, 화가 났던 날들을, 소중했던 햇빛을 힘주어 눌러 쓰며 오늘의 나에게 보냅니다. 기억하지 않으면 영영 휘발될 것 같아요. 어떤 것들은 익숙해져서 닳아 버린 낱말들처럼, 날이 밝으면 사라질 것 같아요."

집요한 낙관주의자

○

불안 장애로 휴직을 하고 독일로 향하는 비행기를 탔다. 언니가 선물로 준 책을 꺼내고 나머지 짐은 위로 올렸다. 책을 열자, 속지 첫 장에 적힌 짧은 편지가 보였다.

'작은 귀여움을 발견하는 여행이 되기를. 쉴 자격이 충분한 동생에게 언니가.'

작은 귀여움이란 '소확행(소소하지만 확실한 행복)'과는 다르다. 예상할 수 없으며 능동적으로 쟁취해야 하는 그것. 작은 귀여움이란 매일 지나가는 똑같은 길일지라도 발견하려 애쓰는 자에게만 나타나는, 인생의 플러스알파 같은 것이다.

얼마 전 회사 동료가 아버지의 오래된 필름 카메라를 선물로 받았다고 했다. 사진 찍는 취미라고는 전혀 없던 동료가 들뜬 표정으로 말했다. "사진 찍으려고 길을 나서니까 별것 아닌 것들이 귀여워 보여." 그녀는 길 건너편 벤치에 앉아 있는 남녀를 가리키고 있었다. 카메라가 가져다준 몰입력과 상상력에 스스로도 놀란 것 같았다.

을지로3가 골뱅이거리 벤치에 앉아 딸기주스를 마시고

있는 커플.

'저 둘은 어떤 사이일까. 대낮에 함께 있는 거라면 사내 커플일까. 친구라기엔 둘이 너무 붙어 앉아 있잖아.'

우리의 뉴런이 이런 생각들로 열심히 일하는 동안 호르몬은 '작은 귀여움'이라는 감각을 만들어 낸다.

"저 귀여운 커플을 프레임에 담아 봐. 프레임 밖이 을지로3가인지 파리인지 뉴욕인지 알 게 뭐야."

프레임 안에 넣으면 지나가던 대머리 아저씨도 주인공이 된다. 매일 보던 것들을 다시 한번 보게 된다. 그게 카메라의 미덕이다.

400쪽이 넘는 《아녜스 바르다의 말》을 마침내 다 읽었다. 프랑스의 영화감독인 아녜스 바르다의 인터뷰를 담은 책인데 첫 페이지부터 밑줄 칠 문장이 많아서 한 달 넘게 읽었다. '느낌과 직관의 흐름 속에서 무언가를 찾아내 기뻐하고, 의외의 장소에서 아름다움을 발견하고 바라보죠.' 이 문장에 줄을 치면서 '작은 귀여움'이라는 언니의 표현을 오랜만에 떠올렸다.

아녜스 바르다는 누벨바그nouvelle vague를 이끌었고 수많은 영화와 사진을 남겼다. 누벨바그는 기존 질서를 따르지 않고 개인적인 영감에 따라 제멋대로 만들어 보자는 1950년대의 영화 운동이다. '집요한 낙관주의자'라는 그녀의 별명이 이제야 이해가 간다. 그녀는 자기가 발견한 것에 쉽게 기뻐하는 사람이자, 그 기쁨을 계속 누리기 위해 집요하게 탐색하는 사람이다.

별것도 아닌 것에서 의미를 발견하는 일이 누군가에게는 어리석어 보일 수도 있겠지만 그녀에겐 삶의 기쁨이자 창조의 원동력이었다. 남들의 기준이 아니라, 그녀 자신의 기준에 집중했을 뿐인데 역사는 이를 '기존 질서를 뒤집었다'고 평가했다. 집요한 낙관주의자야 말로 새로운 영화 사조를 창조해 낼 수 있는 유일한 인간형이겠구나. 역시 나의 롤모델이다.

고등학생 시절, 날 참 예뻐해 주던 국어 선생님이 있었다. 그때 내 이메일 아이디에는 염세주의자pessimist라는 단어가 섞여 있었다. 교복을 입고 염세적인 표정으로 걸어다니던 그때의 나를 생각하면, 조용히 뒷골목으로 불러내 까불지 말라고 뒤통수를 때려 주고 싶다. 어느 날, 국어 선생님이 내 메일 주소를 보고 "어머 지윤이는 염세주의자야?"라고 했던 기억이 난다. 나는 스스로 염세적이라고 말하면서도 그런 자신에게서 벗어나고 싶었던지 "네, 선생님. 저 어떡하면 좋죠?"라고 한 것 같다.

선생님은 이렇게 답해 줬다.

"염세주의자들이 알고 보면 삶에 가장 열정적이고 애정이 많아. 세상의 바닥까지 이해했으니까 다시 치고 올라오는 거지."

선생님의 말은 '매일 죽고 싶다고 하는 사람이 가장 오래 산다'와 비슷한 느낌이었던 것 같다. 정말 나의 이야기다. 매일 죽어야지 죽어야지 하면서도 다음 주에 건강 검진을 신청했다. 그리고 그 건강 검진은 관둬야지, 관둬야지 하면서도 다니고 있는 우리 회사의 복지 혜택이다.

나는 선생님의 말처럼 작고 아름다운 것들을 집요하게 탐색하며 살고 있다. 카메라로 그것들을 찍고, 문장으로 글을 조립하며 산다. 오직 나를 위한 일이다. 세상을 거시적으로 보면 기쁘기만 하지는 않으니 대신 미시적으로나마 아름답고 싶어서. 선생님의 말은 예언처럼 선명하고 벽에 붙여 놓은 아녜스 바르다의 초상이 너그럽게 웃는다.

기어이, 라는 변곡점

해마다 내가 가장 좋아하는 단어에 대해 적는다. 글자 하나하나 만져 보고 냄새도 맡으며 오랫동안 음미하다가, 단숨에 써 내려간다. 내가 좋아하는 단어란 내가 자주 사용하는 단어를 뜻하진 않는다. 의미를 천착하게 되는 단어. 그리고 나의 지향점과 비슷한 단어. 그래서 자꾸 생각나는 단어를 뜻한다.

지우, 지아, 리아. 요즘 아가들 이름에는 받침이 많이 없다. 아무 받침도 없는 이름은 엄마, 아빠의 입술을 유려하게 빠져나가 곧장 아이의 방으로 날아간다. '지윤'이라는 내 이름을 외국인 친구들에게 말하라고 하면, 뭐가 그렇게 어려운지 별 이상한 소리를 다 냈던 기억이 난다. 지융, 지온, 티융처럼. 받침은 장애물이다. 결국 나는 '지Jee'로 불렸다.

올해 내 마음에 남은 단어는 '기어이'다. 기어이라는 단어를 나지막이 발화해 본다. 소리보다 공기를 더 많이 섞어, 아주 낮은 소리로 읊조려 본다. '기어이……' 어느 독립투사의 아버지가 자식의 수감 소식을 듣고 내뱉을 것 같은 한마디다. 기어이. 이 단어 역시 요즘 아이들의 이름처럼 받침이 없다. 장애물이 없다. 아주 좁은 틈도 마치 액체처럼 변신해 빠져나가는 고양이처럼 입술을 살짝만 움직여도 소리가 난다.

'기어이'라는 단어의 주인공들도 비슷한 성격을 가졌다. '네가 기어이 일을 저지르고 말았구나!'라는 문장에서 주인공은 주위 사람들이 뜯어말리는 일을 결국 해 버린 모양이다. 기어이의 주인공은 줄곧 주변 사람들에게 미움받는다. 기어이 뒤에 따라오는 동사는 하지 말았어야 할 일이고, 주변에서 끝까지 만류한 일이다. 기어이는 보통 원망의 단어다.

'기어이'의 주인공은 '하려는 일은 해야 하는' 사람일 것이다. 받침이 없는 단어처럼, 장애물을 무력화하는 의지를 가진 사람. 어릴 때 배운 과학책의 한 페이지가 생각난다. 빨간색 공을 나무 판에 굴리는 실험에서, 교과서는 말도 안 되는 상상을 나에게 시켰다.

'만약 세상에 마찰력이 없다면 이 공은 어떻게 될까요? 마찰이 없으면 공은 멈추지 않고 영원히 굴러갈 거예요.'

기어이는 그 빨간 공을 닮았다. 기어이, 일을 치르고 마는 주인공의 실행력은 빨간 공처럼 멈출 줄 모르고 매끄럽게 굴러간다.

내 친구는 올해 '기어이' 퇴사를 했다. 이직을 예고한 퇴사도 아니고 잠시 쉬는 퇴사도 아닌, 회사와 '영영 이별을 결심한' 퇴사를 했다. 심지어 그녀는 서울의 삶을 정리하고 통영으로 내려갔다. 기어이 그녀는 서울을 떠났다.

또 다른 친구도 '기어이' 회사를 그만두고 커밍아웃을 하더니 유튜버 '세레나'가 됐다. 끼를 주체하지 못하던 그녀가 익명의 사랑에 파묻혀 행복해하는 영상을 보는데 왜 눈물이 나려는지. "세레나 많이 사랑해 주세요."

우리는 때로 제자리를 찾아가기까지 너무 많은 고민을 한다. 주변에서 나의 선택을 말릴지언정, 내가 하려는 일이 내 자리를 찾는 일일 수도 있다는 걸 잊어선 안 된다. '기어이' 내가 있어야 할 곳을 찾아가고 마는 것을 누군가의 반대와 걱정으로 못하게 된다면 그건 너무 참혹하니까.

내 인생의 '기어이'를 되돌아본다면, 가족의 만류에도 불구하고 기어이 수능을 한 번 더 봤던 것. 신실한 집사님과 권사님인 부모님의 반대를 이겨내고 기어이 스님을 따라 네팔에 한국어를 가르치러 갔던 것. 두 번의 기어이 모두 내 인생의 반짝거리는 변곡점이었다.

'기어이'는 마찰이 없어지는 순간에 어울린다. 모든 고민이 끝나고 유려한 행동이 이어지는 우리 인생의 변곡점에서, 이 단어는 마침내 반짝반짝 빛을 내며 등장한다. 글쓰기에 관해 내가 좋아하는 말이 있다. '오래 생각하고 단숨에 써라.' 나의 쓰기 습관과 잘 맞는 말이다. 영영 움직이지 않을 것처럼 생각만, 생각만 계속하다가, 갑자기 바쁘게 적어 내려가는 순간의 의욕을 즐긴다. 생각해 보면 모든 결심과 실천도 마찬가지다. 오래 생각하고 헷갈리다가, 결심이 서는 순간 모든 건 저절로 일어난다. 기어이 그렇게 된다.

글쓰기 모임을 준비하다가 새로 온 멤버들에게 동기 부여할 만한 영상을 찾아봤다. 그중 장강명 작가의 인터뷰가 눈에 들어왔다. "1년 이상 욕망했다면 20년 뒤에도 마찬가지일 거예요. 1년 이상 하고 싶은 일은 해야 하는 일이에요. 1년 넘게 쓰고 싶었다면, 우리는 써야 하는 사람인 거예요." 글쓰기 모임에 거금을 투자하고 모인 사람들에게 영상을 보여 줬다. 글을 쓰지 않고는 못 배기는 사람들이 함께 모여 기어이 글을 쓰고 있다. 풍요로운 풍경이다.

나의 인생은 '기어이'가 많아질수록 풍성해질 거라 믿는다. 기어이 무언가를 저질러도, 인생은 크게 잘못되지 않는다는 걸 깨달아 버렸다. 크게 잘못되기에는 우리가 너무 작은 존재다. 나는 이 단어에 왜 이리 끌리는 걸까. 나는 언제나 부재한 것을 욕망하는 사람. 오늘도 '기어이'의 변곡점을 기다린다. 조급해하지 말고 기다리자. 그 순간이 되면 모든 건 저절로 일어날 것이다.

우리들의 세로토닌

채소를 많이 먹을수록 내 몸에 사는 미생물들이 기뻐하고, 새로운 사람을 만날수록 내 뇌에 있는 뉴런들이 반짝거린다. 기분이 안 좋을 때는 잠깐이라도 산책을 나간다. 도파민과 세로토닌이 흘러나오길 바라는 마음으로. 과학 유튜브를 보다가 깨달았다. 행복은 나의 일도 신의 일도 아니구나. 내가 게을러서 행복하지 못하고 부지런하다고 더 행복할 리도 없었다. 행복은 내 몸속 미생물과 호르몬의 일. 그렇다면 나는 행복하지 않기가 정말 어려운 사람이다. 행복은 자연스럽게 왔다가 자연스럽게 떠난다.

생각, 마음, 이상, 꿈. 추상적이고 거창한 개념에서 영감을 얻는 사람으로, 나는 오래 살아왔다. 과호흡이 심해져 처음 정신건강의학과 선생님을 찾아갔을 때도 내심 불신이 가득했다. "결국 제가 스스로 이겨내야 하는 거 아닌가요?"라고 물어보면서 의사 앞에서까지 센 척을 했다. 나는 약물 따위로 행복과 불행을 오가는 사람이 아니오. 나는 아주 고고한 인격체란 말이오. 아마도 그때 그런 상념에 사로잡혔던 것 같다. 하지만 세로토닌이 든 알약을 먹자 과호흡과 팔 저림 증상은 사라져 버렸다. 놀라웠다.

내 몸은 내가 평생 세 들어 살아야 하는 나의 집이다. "행복은 강도가 아니라 빈도다"라는 문장을 내 몸의 가훈으로 삼기로 했다. 몸속에 사는 작은 친구들(미생물, 호르몬, 신경계 등)이 모두 열심히 가훈을 따라 주길 바란다. 인생에는 분명 한 방이 있는 것 같다. 나는 여전히 로또를 구매한다. 로또 한 방은 신의 일이어서 잠시 눈을 감고 기도를 올리기도 한다. 하지만 행복에는 한 방이 없는 것 같다. 행복은 순간이고 여운도 짧다. 불행은 자주 오고 여운도 쓸데없이 긴데.

내 몸에 사는 친구들에게 더 잘 보이기 위해 나는 매일 노력할 생각이다. 거창한 노력은 아니다. 쾌락과 안녕감과 배부름과 호기심과 낄낄거림이 계속되면 그게 행복이니까. '쾌감'이라는 단어가 고상한 드레스를 입으면 '행복'이 되는 것뿐이다.

나의 엄마는 오늘 안녕감을 얻기 위해 하나님께 예배를 드렸다. 나는 오늘 안녕감을 얻기 위해 침대에 오래도록 누워 있었다. 엄마의 일요일과 나의 일요일은 전혀 다르지만 우리는 비슷하게 행복하다. 각자의 세로토닌을 각자의 방식으로 길들여가고 있다. 이미 행복하다.

작고 기특한 불행

1판 1쇄 발행 2022년 7월 11일
1판 4쇄 발행 2022년 12월 25일

지은이 오지윤

발행인 양원석 편집장 김건희 책임편집 이혜인
영업마케팅 조아라, 이지원, 박찬희, 정다은, 전상미

펴낸 곳 ㈜알에이치코리아
주소 서울시 금천구 가산디지털2로 53, 20층(가산동, 한라시그마밸리)
편집문의 02-6443-8868   도서문의 02-6443-8800
홈페이지 http://rhk.co.kr
등록 2004년 1월 15일 제2-3726호

ISBN 978-89-255-7792-0 (03810)

본 도서는 카카오임팩트의 출간 지원금과 무림페이퍼의 종이 후원을 받아 만들어졌습니다.